U0641389

科幻文学
群星榜

华语实力科幻作品
群星奖大满贯

Sci-Fi

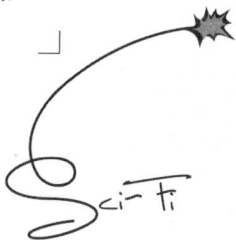

故乡明

王诺诺——著

山东教育出版社

图书在版编目（CIP）数据

故乡明 / 王诺诺著 . — 济南：山东教育出版社，
2021.6
（科幻文学群星榜）
ISBN 978-7-5701-0575-5

Ⅰ . ①故… Ⅱ . ①王… Ⅲ . ①幻想小说－中国－当代
Ⅳ . ① I247.5

中国版本图书馆 CIP 数据核字（2021）第 049824 号

GUXIANG MING

故乡明　　　　　王诺诺　著

主管单位：山东出版传媒股份有限公司
出版发行：山东教育出版社
　　　　　地址：济南市市中区二环南路 2066 号 4 区 1 号　邮编：250003
　　　　　电话：（0531）82092600　　　　　网址：www.sjs.com.cn
印　　刷：三河市冠宏印刷装订有限公司
版　　次：2021 年 6 月第 1 版
印　　次：2021 年 6 月第 2 次印刷
开　　本：880 mm×1300 mm　1/32
印　　张：6.5
印　　数：1-10000
字　　数：144 千
定　　价：25.80 元

（如印装质量有问题，请与印刷厂联系调换）
印厂电话：0538-6119360

《科幻文学群星榜》编委会

总策划：**李继勇** 北京书香文雅图书文化有限公司总经理
主　编：中国科普作家协会科幻专业委员会
总统筹：**韩　松　静　芳**

编委会：

王晋康／中国作家协会会员，中国科普作家协会科幻创作研究基地主任，中国科幻银河奖终身成就奖及全球华语科幻星云奖终身成就奖获得者。

王　瑶／笔名夏笳，西安交通大学副教授，中文系系主任，科幻作家和科幻研究学者。

任冬梅／中国社会科学院副研究员，科幻研究学者。

江　波／科幻作家，全球华语科幻星云奖、中国科幻银河奖、京东文学奖获得者。

杨　枫／成都八光分文化CEO，冷湖科幻文学奖发起人之一。

李　俊／笔名宝树，科幻作家，全球华语科幻星云奖、中国科幻银河奖获得者。

肖　汉／科幻评论者，北京师范大学文学院讲师。

吴　岩／中国科普作协副理事长，南方科技大学教授、博士生导师，科学与人类想象力研究中心主任。

陈楸帆／世界华人科幻协会会长，传茂文化创始人。

陈　玲／中国科普作家协会秘书长。

张　凡／钓鱼城科幻中心创始人，科幻研究学者。

张　峰／笔名三丰，科学与幻想成长基金首席研究员，科幻研究学者。

罗洪斌／中国科普作家协会会员，科幻活动家。

姜振宇／四川大学文学与新闻学院中国科幻研究院院务秘书长。

姚海军／科幻世界杂志社副总编，全球华语科幻星云奖联合创始人。

贾立元／笔名飞氘，科幻作家，清华大学文学博士，清华大学中文系副教授。

姬少亭／未来事务管理局局长。

韩　松／中国作家协会会员，中国科普作家协会科幻专业委员会主任委员。

戴锦华／北京大学中文系比较文学研究所教授，博士生导师，北京大学电影与文化研究中心主任。

李继勇／北京书香文雅图书文化有限公司总经理。

静　芳／北京书香文雅图书文化有限公司总编辑。

总 序

想象新时代

《科幻文学群星榜》是由中国科普作家协会科幻专业委员会联合其他科幻组织，共同推出的一套科幻书系。这是一个规模庞大的工程，目前来看也是独一无二的工程，基本囊括了中华人民共和国成立以来老中青几代具有代表性的科幻作家的佳作。这些作家以年龄看，最早的是20世纪20年代出生的，最晚的是"90后"。

这套书系的出版，恰逢中华民族实现第一个百年目标——全面建成小康社会。因此，它呈现了百年未有之变局中，中国人对一个崭新时代的想象。随后陆续推出的作品，还将伴随中国迈进基本实现现代化的伟大进程。

科幻文学作为一种年轻的文学品类，本身就是现代化的产物。1818年，世界上第一部科幻小说《弗兰肯斯坦》诞生在第一个实现产业革命的国家——英国。此后科幻文学在法国、美国、日本等工业化国家繁荣起来，进入蓬勃发展的黄金时代。科幻作品反映着科技时代人类社会的变迁和走向，反思当代人类面临的多重困境，力图打破所谓世界末日的预言，最终描绘出一个五彩斑斓、生机勃勃的新未来。

如今，地球上正在发生的最具"科幻色彩"的事件之一，便是中国的崛起。这个进程不仅改变了这个文明古国的命运，也影响着全人类的走向。中国奇迹般地成了拉动世界经济增长的有力引擎。人类历史上首次十亿以上人口的国家将要集体迈入现代化的门槛。中国科幻文学正是中华民族伟大复兴进程的见证者、参与者与推动者。

早在20世纪初，中国的一些有识之士便把科幻作品译介进来，掀起了第一次科幻热潮。它承载起"导中国人群以行进""改变中国人的梦"的使命。20世纪50-60年代，随着中国自己的工业和科技体系的建立，科幻作家们以满腔热情擘画了一个欣欣向荣的新世界。1978年改革开放后，中国再次向现代化进军，科幻迎来新的勃兴。作家们满怀豪情地书写科学技术为实现现代化、为谋求人民的幸福生活所创造出的神奇美景。进入21世纪，尤其是随着新时代的来临，这个文学门类也进入成长的新阶段。随着《三体》等作品的问世，中国科幻迎来了新一轮热潮。作家们描绘着古老的中华民族在实现全面小康和建成现代化强国的过程中所面临的新机遇、新挑战，谱写着中国走向世界、步入太阳系舞台中央并参与宇宙演化的新篇章。

科幻文学的发展折射着中国国运的巨大变迁。当今，海内外不同领域的人们对中国的科幻文学的空前关注，实际上是关注中国的未来，关注世界第二大经济体将如何持续演进，关注14亿人的创造力将怎样影响乃至重塑这个星球。从现实意义上来说，这套书系不但包含这些丰厚的信息，而且集中梳理了新中国科幻文学取得的辉煌成就，整理出新中国科幻文学发展的宽阔脉络；从一个特殊的侧面，还反映了中华民族从站起来、富起来到强起来的进程，见证中国走向更加灿烂辉煌的未来。

这套书系具有以下三个特点：

一是权威性。它由中国科普作家协会科幻专业委员会主持编选，并与国内多个科幻组织合作，其中包括得到了中国科普作家协会科学文艺专业委员会、科幻世界杂志社、南方科技大学科学与人类想象力研究中心、未来事务管理局、八光分文化、重庆钓鱼城科幻中心等的鼎力相助。编者从中华人民共和国成立以来的海量科幻文学作品中，精选出足以体现时代特征的作品。收入书系的作者，涵盖了雨果奖、银河奖、星云奖、晨星奖、光年奖、未来科幻大师奖、引力奖、水滴奖、冷湖奖、原石奖、坐标奖、星空奖等中外各类科幻大奖的获得者。

二是系统性。它收集了中华人民共和国成立以来不同时期作家的代表作。作者中有新中国科幻奠基者和老一代作家如郑文光、童恩正、萧建亨、刘兴诗、潘家铮、金涛、程嘉梓、张静等，也有改革开放后崛起的新生代作家刘慈欣、王晋康、何夕、韩松、星河、杨鹏、杨平、刘维佳、赵海虹、凌晨、潘海天、万象峰年等，以及以"80后"为主体的更新代作家陈楸帆、飞氘、江波、迟卉、宝树、张冉、程婧波、罗隆翔、七月、长铗、梁清散、拉拉、陈茜等，还有在21世纪崛起的全新代作家杨晚晴、刘洋、双翅目、石黑曜、王诺诺、孙望路、滕野、阿缺、顾适等，从而构成比较完整而连续的新中国科幻光谱，是对中国科幻文学发展历史的一次系统检阅。

三是丰富性。它比较全面地展现了广域时空中新中国的科幻生态和创作风格。这里面既有科普型的，也有偏重文学意象的；既有以自然科学为主体的核心科幻，也有侧重社会现象的"软"科幻；既有代表科幻未来主义的，也有反映科幻现实主义的；既有传统风格的写法，也有实验性质的探索。作品的主题涵盖了中国科技、社会、文化和民生的热点。从中可以看到，一个曾经积弱的民族，如今正活跃在地球内外、大洋上下、宇宙太空、虚拟世界、纳米单元、时间航线、大脑意识等各个空间。这里有中国政府和人民引领抗击全球灾难的描述，有脱贫的中国农民以新姿态迈出太阳系的故事，也有星际飞船和机器人在银河系中奏唱国际歌的传奇。

这套书系力求构建起一个灿烂的星空，并以此映射人们敏感而多样的心灵。爱因斯坦说，想象力比知识更重要。科幻是相伴人类发展进步而产生的新兴事物，是一个民族想象力的集中反映，是科技创新的艺术表达，在人们面前呈现出一幅幅奔向明天、憧憬和创建未来的美好画卷。许许多多杰出的科学家、工程师和企业家，在年轻时就受到科幻文学的熏陶和影响，因此走上了创造神奇新世界的道路。中国正在稳步建设创新型国家，需要更多富有创造力的人才脱颖而出。科幻文学也肩负着实现中国梦的责任，在点燃青少年科学梦想、激发民族想象力和创造力方面，起着不可或缺的作用。

这套书系将为广大读者尤其是年轻人打开中国科幻和未来世界的门户，有助于人们拓宽视野、开阔思想、激发灵感、探索未知、明达见识。它也将进一步促进中外科幻、科技、文化和文明的交流，为人类的共同发展做出中国的一份独特贡献。

中国科普作家协会科幻专业委员会

2020年10月1日

我想认识所有的船

我不知道是不是所有的人都经历过，小学时候，老师总会在某节公开课的课堂，问一个挺难回答的问题：

"你们长大后都想做什么？"

有的同学说想开公司当老板；有的说想建高楼卖房子；还有的说想当电影明星，要让所有开公司当老板和建高楼卖房子的人喜欢自己，全部都来看自己演的戏。

然后轮到我了，我却支支吾吾半天没吐出什么信息，老师就叫我坐下了。

其实，我想说我很想认识所有的船。当然，这是不能当着老师的面承认的，也是不能当着未来的公司老板、房地产商和明星的面承认的。因为我知道，只要说出来，就得以此为题写一篇500字作文，周一交，还得主旨明确、内容深刻。

但我确实想认识所有的船。

七岁生日，外公送了我两本书：《叶永烈科学童话365》和《小灵通漫游未来》。前者有一篇讲"万吨轮"的故事，我至今记得文章里的文字形容——一艘吨位数万的巨轮，近看是一座人造钢铁山丘，但它在海面上行驶过去时，只像一片叶子，轻轻划过水塘。

另一本书,《小灵通漫游未来》则更加新奇,里面有一种"原子能气垫船",向下喷气,悬浮在河面从而避免摩擦产生的阻力。利用一块香皂大小的"原子能"燃料,就可以让船跑上几万公里。最重要的是它在书中的地位,这艘"原子能气垫船"载着岸边闲逛的不靠谱主人公来到了"未来市"。这让当时同样老在岸边闲逛的我羡慕不已。

小时候,我家的后山能够看见远处的货运码头,进进出出的是各色集装箱,吞吐的是各国GDP。万吨轮早已不是叶永烈老师笔下的宏伟的稀罕物,海面上偶尔也有和水牛那样叫唤的客运邮轮和奔向碧空尽头的人力帆船,但不变的是,它们都像一片叶子一样,轻轻地划过水塘。

但其中没有一艘能悬浮在空中,并且只烧掉一块香皂大小的燃料就可以带我去未来。我把这些困惑写在作文里,老师很生气:"题目是长大想做什么职业,你全写跑题啦。重写,周五交,主旨一定要明确,给我仔细审题。"

可是船为什么一定是在水里呢?上学的时候,我抽屉里总放着几本《科幻世界》,那里面的船不仅能在空中飞、在宇宙里飞,还会沿着时间轴飞。我记得刘慈欣的《山》里有一艘跟月亮一样大的宇宙航行器,悬停在地球边上,潮汐吸引海水做成的山峰,比珠穆朗玛峰还高。它用千万年从宇宙的另一端来到地球,不是为了统治人类,只想悬停在它上空,看一眼"远方的世界"。

人对船的执着,就是对未知的执着。

小学老师告诉我,好好念书考个好学校,考研、出国,然后自己有出息做生意、开发房地产……这就是远方的世界。于是我上课认真听讲,下课迎接五个家教。在为数不多的不用去见家教老师的时间里,我用六块钱来完成精神补给,加上学校图书馆收藏的《科幻世界》,我感觉精神世界很圆满，认识了许多新的船。王晋康老师的《海豚人》里，有一艘由虎鲸和海豚接力牵拉的木筏，带着主人公周游人类已经消失的世界；看完《一日囚》，我更加深信柳文杨并没有死，只是坐着船被时光的河流困在了同一天。

伴随着年龄增长的是上课考试、作业论文、面试上班。身边跟我年龄差不多大的人，如果能被称为优秀，那么他们的生活习惯都异常地正常。

焦虑时代就如同一台巨大的摇奖机，大家手里都攒着号，都知道肯定有人要走运，但谁都不知道走运的人会不会是自己。世界高速旋转，每个人都很急，毕业了忙找工作，工作了忙升职加薪，似乎都有一种共同的恐慌——慢了一步就要慢一生。

在逼仄的现实里生活，除了长、宽、高之外，很少人能获得来自另一个维度的给养。很幸运的是，我找到了一个控制时间流速的好办法——写科幻小说。在不犯拖延症的情况下，只要我坐下来开始码字，时间的流速就会无限慢。在一切都格外顺利的极其罕见的情况下，下笔前看钟是9点，写完了再抬头一看，哟，8点半了，时间还倒流了！

就这样，科幻作者或许掌握了逆转时间的能力，可以真切地看到那个还在上小学偷看杂志的自己，跨越了十几年的时光，高兴地冲未来挥了挥手。

船连接未知和远方。中国古时候有一艘船接惠子去魏国做宰相；希腊古时候有一艘船前往金羊毛的故乡，一直不停地更换零件引起了哲学家们的遐想；中世纪结束，葡萄牙人的多桅三角帆船开启了大航海时代；英国水手乘船在漫长航路中学会了用柠檬汁治疗败血病，给现代医学方法论打下最早的基础。

《星球大战》中有一艘"千年隼号"，使用反重力引擎，穿越星际通常只要一瞬间，是科幻电影里速度最快的船；《独立日》里外星来的城市毁灭者不大符合美学，它就像个巨大的圆形山丘，内部空间巨大无比，可以供航天器在内飞行；《2001：太空漫游》《星际穿越》和《太空旅客》中的飞船则要靠谱得多，旋转的悬臂为进行长时间太空旅行的地球人提供了"人工重力"。

制造可以开得更远的船，去看一看外面的地方，是人类与生俱来的天性。因为除了眼、耳、口、手、鼻，所有的人都在天灵盖的中央长着一对"触角"。它们能感受到大气湿度的变化、别人眼睛上方睫毛的颤动，以及几百光年外中子星的脉冲。

有了这对触角，除考试升学、工作赚钱、结婚生子之外，在狭小的生活之中，他们还会幻想所有的远方，想提起自己的笔，去认识所有的船。

首登于《科幻世界》2017年3月刊

目录

Catalogue

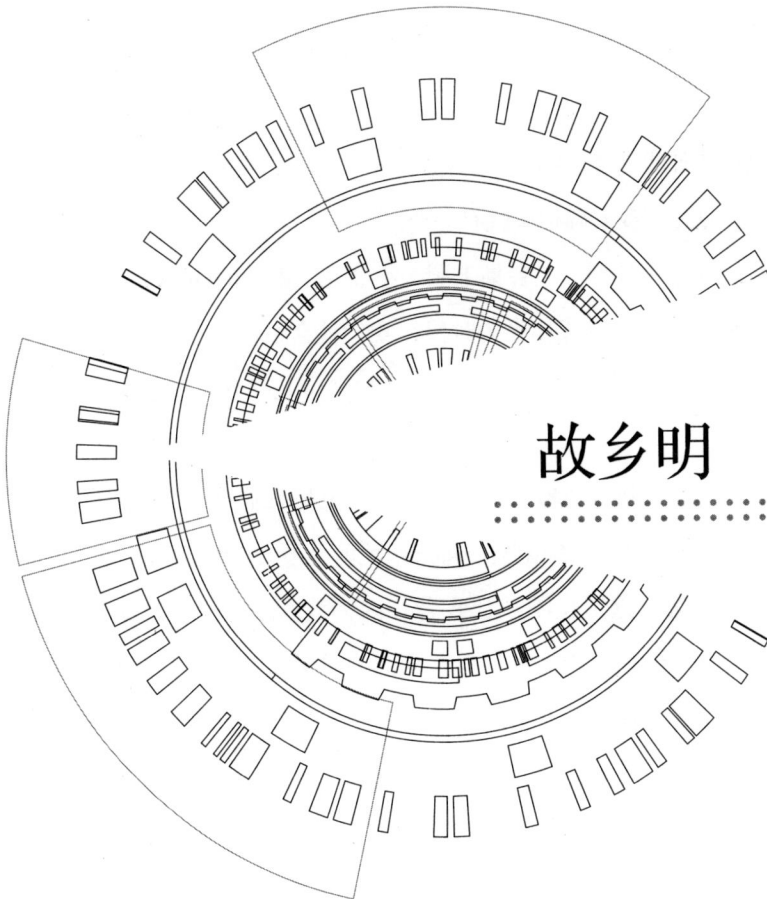

故乡明

"见过紫外线消毒灯吗？"柳林问我。

"嗯，见过，我家碗柜里就有一个。"

"对，就是那种灯。在餐具上照一小会儿，细菌的DNA就会被破坏，然后成片死亡。伽马射线暴来的时候，我们就会跟你家盘子上的脏东西一样，脏器停工、皮肤大面积脱落，甚至被整个儿烤焦。这样解释，你懂了吗？"

柳林转过身，将眼镜取下："我宁可你没把石牌带回来。那样的话，我们至少现在不会恐慌。细菌被消毒灯杀死前就不会恐慌。"

说句良心话，这锅也不该让我背，因为我就是一个月球矿产勘探队的。去年，我带队前往雨海勘察，在雨海的质量瘤（一块引力大于周边的月表区域）中央发现了那块石牌。它一米见方，通体暗红，像一块烧红的烙铁，也像一个凸起的肚脐，表面布满规律圆点，预示着与高等文明的关联。我还记得，那时头顶的地球散发着淡淡的辉光，映照得这块不大的石牌晶莹透亮。它一动不动，似乎在这儿等候已久。

我心中狂喜，自己成了第一个找到地球以外智慧生命的人——以后名字能写在初中课本上吧？

在那之后，从危海到东方海，类似的石牌在质量瘤中央被一一发现。

我们至今没弄清它们是如何被运送到月球，倒是上面的信息先被破解了。

我们是地球上的先代文明，早已消亡。我们无能为力，只能为未来的地球文明留下预警：

1000光年外存在一个恒星密度极高的球状星团。这是一个行将就木的古老星团，而那里的恒星大多已经死亡。

在球状星团的外侧，有一个大型黑洞围绕其公转，公转周期是1500万年。黑洞具有极高的轨道离心率，和星团之间的距离变化很大。在靠近星团时，强大的引力会导致星团中的中子星与黑洞合并，特别是距离本来就不远的中子双星。这时大量伽马射线暴就会被引发，像节日烟花一样射向宇宙。

由于星团内复杂的引力扰动，其中一束射线会直指地球，我们的文明因此毁灭。下一个黑洞公转周期里，你们也会遇到同样的灾难。我们无力改变一切，希望你们可以幸免。

根据石牌上的数字和公式，我们找到了星团。如果用光学望远镜观察，那儿就是一片模糊的暗红色。和大多数年老星团一样，它是球状的，内部塞满了白矮星、中子星和恒星级黑洞，仅剩一些质量不大的红矮星苟延残喘。同时，我们也通过追溯大量X射线的源头，找到了那个围绕星团公转的致命大型黑洞。

更加可怕的是，根据石牌信息，早在900多年前，黑洞已经走过了距离星团最近的轨道顶点。星团内部中子星碰撞合并已经启动，相当于几个太阳的物质被转化为了能量。能量之大，等于银河系所有恒星数百年来释放光和热的总和。

在其中的一场碰撞里，一束伽马射线从星体磁场两极发出。大约40年后，这束光将到达地球，将成为地球人看到的最明亮的、也是最后的景象。

我随柳林走进一扇门，会议室除了大屏幕外空无一物。这是一场高机密的远程会议，与会执委不知道彼此姓甚名谁，却共同掌握着人类的存亡命门。

"柳林，这次你不是一个人参会？"数字在屏幕上跳闪，代表16号执委正在发言。

"我把杨庆海带来了。"柳林说。

"杨庆海？是报丧者杨庆海吗？"

报丧者？这个代号我始料未及。没想到啊，我历尽考验成为一名宇航员，就是为了留下这么个丧气的名号？

"是我。"我极不情愿地说。

"我带杨庆海来，因为他需要知情。"柳林顿了顿，"这是石牌危机的唯一转折，而杨庆海——第一个接触石牌，又经受过完整的探月训练，会在未来的任务里成为关键角色。"

关键角色？这绝不是好事，电影里的关键角色通常都有个舍己渡人的下场，于是我连忙摇头。

"先别急啊，为了避免民众恐慌，石牌危机可是S+的加密等级，我就这样走进来听是不是有点……不如你们先聊，我去外面等？"

柳林无视了我的抗议，清了清嗓子。

"现在，我宣布特别应急委员会根据投票达成的共识——经过严密论证，人类已无生还可能，文明即将终结。从今天开始，我们将彻底放弃求生计划，转而将资源放在更有意义的事情上。"

什么？！真要放弃了？

黑暗中的空气变得凝固，我愣住了，胸口像被狠锤了一下。

"还……还有40年，对吧？不是还有40年伽马射线才会到地球吗？从现在开始，将全球生产剩余都投入星际飞船的研制，也不行吗？至少能够让一部分人逃生吧？"

屏幕上跳闪起一个数字，8号执委说："你真觉得射线暴是一束细光吗？它的横截面直径接近100光年！而我们应用可控核聚变才不到50年。以现在的技术你想研制出怎样的逃生飞船？曲率引擎，还是黑洞引擎？"

"逃不走还不会躲吗？地球只有一面会承受打击，对吧？可以将人集中送往另一面躲起来。"我追问。

屏幕上几个数字共同闪耀了一下，这代表几个参会人同时发声："地球无时无刻不在自转，你知道受灾的是哪个半球？"

我求助般地看向柳林，他只是摇了摇头，"无法预测死亡射线到达地球的精确时间，即使派出探测器，也不能将任何消息提前传回，我们的死神跑起来可是光速！"

我反驳："就算不做任何预警，总有某个半球的人能躲过去。管他是谁呢，只要有人活下来……"

16号打断我说："是的，伽马射线暴只会杀死一个半球上的人，但活下来的另一半才是真正的不幸。辐射随水和空气进入体内，死刑只是变得漫长了一些。更糟糕的是，伽马射线接触的臭氧层会在瞬间分解，而另一半球完好的臭氧会随着大气，向受灾面流动。很快，全球臭氧层密度会稀释到过去的40%。地面接收到的紫外线将是原来的10倍以上，大量植物和动物因此死去，随之而来的是饥荒、瘟疫，人口在短时间下降到不足万分之一。"

我没死心："可以造生态循环仓隔绝紫外线！再不行就去地下，用人造光源培育植物，21世纪初的技术就能实现这些了。等到地球自我调节后——也许几十年臭氧层就能慢慢恢复——幸存者再从避难所里出来，虽然人不多，但那就是文明的火种！"

"你以为我们想不到这种方案？可惜啊！中子星碰撞时，和伽马射线同时喷射出的，还有一束高能带电粒子。只不过它的速度略小于光速，会在地球遭受第一波辐射后的几十年内抵达。"他顿了一顿，"还和上次一样，我们无法预计它来的时间，以及它会打击地球的哪一面。"

6号说："被它横扫的半球，没人能够幸存。"

4号说："臭氧层再次遭到破坏，地面又暴露在过量紫外线下。"

16号说："刚开始恢复的脆弱生态系统再次崩溃，而这一次，它面临更大的考验，需要耗费数倍的时间来自我修复。"

"而在修复完成之前，地表所有大型动物，包括人类在内，早就灭绝了。"柳林补充道。

"……什么？！辐射打击还能……买一送一？"我喃喃自语，绝望如同冰凉的巨石，压在背脊上。

"报丧者杨庆海，你能想象吗？幸存者从臭气熏天的生态仓出来，满怀希望地开始改造盐碱地。可新播下去的种子还没来得及发芽，又一波致命辐射袭来，用同样的方式把他们消灭干净。这就像神手里拿着一盏细菌消毒灯，轻轻按了两次开关。对他来说只是动动手指，而对于我们……就是希望彻底覆灭的代价！"

我感到喉咙发涩，勉强咽下一口唾沫，润了润嗓子，"所以……你们叫我来，需要我做些什么？"

"我们需要你给月球抛个光。"

"……嗯？什么意思？为……为什么要这样做？"

柳林挥挥手，显然已经很疲惫了，"不多解释了，先进行表决吧。同意放弃逃生计划，将所有资源投入月球抛光计划的执委，请亮灯表决。"

话音落下的刹那，原本漆黑的大屏幕上亮起了几十个数字。昏暗的会议室里，这些光芒显得高亢而明亮，我的眼睛被突如其来的光明刺激得流出了眼泪。

——几十年后，夺走全人类生命的那道光线亮起时，我是不是也会像现在一样，泪流满面？

一

古人怎么定义夜晚？

看到天黑，他们便觉得这是夜晚；如果能看到月亮，夜晚就是良夜。如果当时的月亮还恰好符合他心境，这良夜便值得为之赋诗一首了：

床前明月光，疑是地上霜。

举头望明月，低头思故乡。

我吟着诗低下头，可脚底下灰褐色的是月亮，而悬在我头顶的、精美的、复杂的，包裹着一层薄薄大气的蓝球，才是故乡。

月球抛光工程的一万三千名组员分了九个批次来到月球。作为项目组指挥官，我是第一批。

和一年多前来月球勘探的情况截然不同，上次，发射发布会聚集媒体和要员，他们像欢送英雄一样为我献花、祝酒。而这次我们只能灰溜溜地走。

"月球氦-3的开采工程延长了。"这是月球抛光计划的对外说辞。

抛光计划需动用的资源是天文数字级的，即使有世界前十大经济体的全力支持，如此大的支出也违背了经济学规律。大萧条当前，"举地球之力去月球开采氦-3"引起了众怒。

知情层只能不停向外界宣传"核聚变发电需要氦-3，能源革命带领社会走向未来"之类的蠢话。这纯属无奈之举，因为真相只会引起巨大的混乱。所幸，在危机面前各国高层出奇地团结，竟没走漏半点风声。

这些战略层面的困扰倒没给我带来影响，因为从登陆月球的那一刻起，这项人类史上最大的工程就占据了我所有的时间。

在给月球抛光前，需要先做一些准备工作。就像不管是汽车还是地板，上蜡之前都要把表面清理干净。对月球也是如此。

月球表面有一层很细的尘埃，这是在几十亿年的陨石撞击中逐渐形成的。实际上，这一层月壤数量不小，在多数地区厚度达到10米以上。我们不能一劳永逸地把它堆到月球背面去，因为如果这样做，月球背面会变得比较重，在潮汐力作用下，它就会慢慢转过来。好不容易把它正面收拾干净，它又把屁股转过来了。

月球上没空气，所以要对付灰尘，再强大的吸尘器也不行。只能用铲车把月壤集中起来，打包，然后送到太空里面去，都是笨办法。

我们选择了成本较低的运输方法——太阳能电磁投射器。这和高斯炮的原理相同，在地球上曾被用作发射洲际导弹。在月球表面铺设长达数百米的轨道，用通电线圈给塞满月壤的"胶囊"一个洛伦兹力，为其加速。好在月球引力很小，又没有空气阻力，速度达到2.4公里/秒就可以把灰尘送走了。

一时间，数十条电磁投射器沿着月球表面蜿蜒铺设，不断地向外发射胶囊；又有上千台大型铲车穿梭不断地收集月壤，原本冷清的月上世界显得繁忙无比。

灰尘扫干净了，月球表面还有一层数公里厚的碎石。同时，月表也不平整，有山丘、高地、月海。所以还得接着干，把这些碎石填到月海里面去，山丘全部铲平。剩余的废料就全部如法炮制，再用电磁投射器扔进太空。

在工程实施的过程中，我听说，人类的恐慌达到了巅峰——地球上能够看见月海逐渐变浅。如果用望远镜看，还会发现月海的边缘变得平滑了，蔓延到高光地区的深色玄武岩成了浅灰色。

阴谋论、质疑声甚嚣尘上，街道上聚满了游行示威者和标语，恐慌的人开始去超市抢购盐和米。（我不懂了，盐和米可以防辐射吗？）玛雅人的预言、法老的诅咒，这些早在百年前就过时的套路又卷土重来。

人类从来没有像现在这样，急切需要别人为他们撒一个谎。

最高应急执委会找到了世界首富王先生，他成为除军政学界外，第一个接触危机内幕的人。他旗下的传媒公司立即对外宣布，启动月球投屏广告业务，发射84颗月球同步轨道子卫星，将月球作为一块幕布，在上面投射客户广告，供全球潜在消费者观看。

从那以后，人们在新月前后的夜晚抬起头，就可以在月亮上看见不同的图像，如果是巨大的红底黄字"M"，就是麦当劳广告；如果是四个白色圆环相连，便是奥迪广告。

王先生进一步宣布，为了更好地拓展业务，在未来，他们将联合军方，把月球改造成一块平滑幕布，供客户投射像素更精细的复杂广告。

出人意料，这种商业逻辑竟没遭到什么质疑，还被誉为"大众传播的又一次革新"。据说，当王先生接受媒体采访，被问到如何想到这种天才传播方式时，曾一度哽咽："人类的每一次创新，背后都有不为人知的苦涩。"

这句含泪而下的话，感动了在场的所有记者，被《福布斯》杂志评为本年度最具商业价值箴言。可世界上只有极少数人真正知道，王先生当时到底为什么哭。

无论如何，有了这层商业伪装，我的工作得以顺利进行。二十年之后，所有山丘被铲平，任何高于平面的凸起都被刨去，月海变成平原，碎石填上的坑也已经用混凝土盖好。

满月时，月亮就像一个洁白的橡皮球，反射着一层均匀细腻的白光，再没过去的坑坑洼洼。这时，准备工作就此完成，可以开始正式的抛光打蜡工作了。

关于抛光的原料，当然不能用普通的地板蜡，它的熔点是80摄氏度左右，而月球表面白天最高温度可达127摄氏度。虽然打上蜡以后，反射率提高，月球温度应该会下降一些，但还是靠不住。到时候融化的蜡会四处流动，还要在地球潮汐力作用下聚到一起去，那真的是一团糟了。

相比之下，刷一层高分子反光涂料（熔点在300摄氏度以上），要比直接打蜡高明得多。

100平方米如果刷两遍的话，要用3.5公斤反光涂料，月球的表面积是3.8×10^7平方公里。一个简单数学题，涂满整个月亮，需要高分子反光涂料大约1.3×10^9吨，也就是13亿吨。

但事实上，根本用不到那么多。由于潮汐锁定，月球自转一圈花的时间和它绕地球公转一圈的时间相同，永远用固定的一半脸对着地面。如果只考虑视觉效果，只需把这一半看得见的脸处理好就行了。

当然，也不能忽视月球天平动。对地面上的人来说，月球可见面会有上下左右小幅度的摆动，实际上地球上能观测到月球表面的59%。所以，真正等待抛光的部分，实际上就是月球面积的59%，大约需要7.7亿吨涂料。

上漆的过程持续了17年。无论白天还是黑夜，月亮上都往来着扁平的喷涂车。它们先将高分子反光涂料喷涂均匀，再在表面加热一遍，使得月球一寸寸地变得光亮起来。等漫长的工程结束，我已经长出一些白发了。

"你说，这个光滑的月亮能保持多久？"我站在工程总基地门口，望着明亮如镜的月表。

"应该挺久的吧，还好现在已经过了太阳系的大轰炸期，遇到的陨石不多，而且基本上都很小。"柳森说道。他是柳林的儿子，也是我的副手。

"是啊，不然月球没有大气层保护，什么陨石都能长驱直入。我们又不能在这儿驻扎一支维修队，撞一次修一次。"

隔着厚重的航天服，我还是感到了柳森的无奈，"哎，费那么大劲儿，以后……他们真能明白我们的苦心吗？"

"我也不知道。"我实话实说。

抛光完毕的月球反射率超过90%，我们如同踏在湖面上，低头能看到脚边有一个地球的虚像，和天上那个交相辉映。银河也有两条，一条游走在头顶，另外一条从脚下穿过，我们被星空温暖地包裹住。

可是，星空是有代价的。

在那些星星里，无数超新星爆发和星体合并正在发生，发射出的伽马射线暴如同孩子们手中持着的一杆杆激光枪，随机向四面八方射去死亡之光。这不是第一次了……1500万年前，上一个地球文明也是如此被毁灭。

三

"他们为什么不把石牌留在地球上？要是我们早点读到预警，早点准备说不定就能逃走了！"我曾这样问过柳林。

那时我还在地球上，刚接受抛光月球计划的指挥官职位，柳林私人办了个欢送酒局，就我和他，地点在发射中心行政楼的顶楼。那里可以模糊地望见远处的发射塔，除此之外，四周都是荒漠。

他抿了一口酒，缓缓开口："你忘了，信息也要依托物质才能存在，而物质不是永恒的。人类消失的200年后，人造的摩天建筑缺少维护，就会在地质活动和雨水侵蚀里倒下；最大的拱桥也在1000年内坍塌；5万年后，玻璃和塑料这种人造材料也全部消解，所有遗迹都变得难以追溯。"

"你的意思是，无论之前的文明把预警以何种形式留在地球上，等我们出现了，也早就无迹可寻了？"

"是的，文明演化需要几百，甚至上千万年。在这个时间尺度上，留不下任何信息！一块刻着文字的石牌在地球上会被风化侵蚀，被地质运动挤入地下重新变成岩浆。即使自然没有把它消灭干净，被蒙昧时期的人类找到了，估计也会被当作巫蛊一类的东西毁掉。"

"所以，上一个文明才选择了月亮！"我恍然大悟，"月球少有地质活动，真空更是良好的保存环境。等文明掌握了登月技术，也差不多具备解读能力了，这时找到石牌，就不会闹出什么笑话来。他们倒是考虑周到！"

柳林点头，燃起一根烟，"我猜，留下文字时的他们跟我们今天的科技水平不会相差太远，甚至还略弱一些。谁知道呢，也可能是月球的考察队目睹地球灾难后，在死前留下石牌作为警示。"

"但……那又怎么样呢？到了这个节骨眼儿才搞清状况，我们不是一样逃不走？看来，被周期性伽马射线暴一次次摧毁，就是这颗星球上文明的命运啊……"我丧气极了。

柳林向烟灰缸里弹弹灰，"还有40年！既然逃不走了，或许可以做些什么。给地球的下个文明留下更多的信号，说不定他们就能在下一个周期的伽马射线暴到来前，逃离太阳系，前往深空。"

"这恐怕很难。在同样的伽马射线暴期间，人类文明的发展水平和现代文明差不多，足以说明地球文明的发展是线性的。如果说，月亮是唯一适合的信息存储点，等下一代文明有能力登月获取信息了，射线暴就又快要来了！他们还是什么都来不及做。"

"所以啊，这一次我们得试试新法子。"柳林将烟熄灭，面对窗外黄色的戈壁滩，一阵风吹过，从远到近席卷起灰黄的扬尘，"你知道镜面自身识别测试吗？也叫作MSR。"

我有些摸不着头脑，"你是说，进化心理学家盖洛普的那个镜子实验吗？让动物照镜子，看它们明不明白镜子里头的就是自己……我记得除了人类以外，只有海豚、虎鲸和一些灵长类动物能够认出镜子里的自己。"

"是的，动物通过镜面测试，说明拥有了自我意识。另外，盖洛普还给婴儿做过这个测试。"

"他可真闲，"我插嘴道，"但我有个问题，婴儿照不照镜子，跟我要去执行的月球任务有什么关系？"

柳林没有理会我，继续说："实验发现，6个月的婴儿看到镜里的自己，会把他当成另一个婴儿。但到24个月时，就知道那是自己了。在这个时间点后，他们开始理解自我和外界的关系。比如说，6个月的婴儿听见别的孩子哭，他的反应是跟着哭，但有了'自我'的概念后，他会去寻找其他孩子哭的原因，甚至安慰他。"

"所以呢？"

"你还没懂吗？只要人有了自我意识，就能利用自己的经历判断周遭的情况，也开始思考自己与过去、现在和未来之间的关系，甚至体会自己将会死亡的必然性。然后他们开始团队协作，开始观察世界。人之所以为人，就是因为有'自我'啊！"

我非常困惑，"就算你说得对。但自我意识这种东西，恐怕在南方古猿看见水中倒影时就有了，那又怎样？还不是茹毛饮血了400万年？"

"古代中国人用紫微斗数解释一切星相，视它们为政治经济的启示；希腊神话里，夜空88个星座对应神的88个故事，于是希腊人把祭祀诸神视为头等要事；基督教会焚烧所有有悖神创论的学说，有关日心说和地心说的争论在欧洲持续了几百年……人类不理解星空，也不理解自己，所以在弯路上浪费了太多时间。当我们被科学开蒙，尝试用理性探索世界时，已经太晚了！"柳林变得激动，站起来，"一个人需要一面镜子才能看清自己，地球文明又何尝不需要一面镜子呢？"

"你的意思是……文明也需要有自我意识？也需要看清自己？"我并不愚钝，渐渐明白他在说什么。

"是的，如果文明在镜中看到了自己，会更早明白地球、太阳和星空之间的关系，不再把时间浪费在'过去是谁创造了自己'这种问题上，而开始思考'未来应当走向哪里'。我们要造一面地球文明的镜子。"

"所以……抛光月球？把月亮改造成镜子！一面抬头可见的镜子！"我兴奋地说。

"是的，将月亮变成一个直径3500公里的球面镜。满月的夜晚，月球正对着太阳，那时，从地球看月亮不会看到轮廓，只会看到镜子上太阳的像。球面镜发散光线，即使它看上去比真正的太阳小，亮度也低得多，不过那也远远超过了过去的月亮，在夜里看个书不成问题。"

"也就是说……太阳的像就是一颗极亮的星星啊！"我说道。

"没错。那时，因为强烈的'月'光照着地球的夜半球，地球还能反射给月球一些光，所以月球镜子上就映出一个暗淡的地球影像。"

"你说，会有人意识到，那就是地球的像吗？会有人明白旁边那颗明亮的星星，就是白天的太阳吗？"我在脑海中画出那样的星空，兴奋地说道。

"换一个时间，一切又会截然不同。比如原本能看到半个月亮的农历初八，月球和黄道面交叉，通过月亮镜子，人们可以看见阳光照亮的半个地球，太阳从球面的边缘反射过来，亮度很弱，而且变形严重。虽然看不见抛光后月球的轮廓，但是凭着这些月相变化的信息，就可以估计它的大小。相信我，一定会有聪明人这么干！"

"对！知道了月球的大小形状，就能知道地球、太阳的大小。"我接道。

"在农历初一前后，月亮在白天出现，抛光后的月球就会反射地球的白昼地区。这时，人们会在白天看见蓝天上出现了一个地球的像。就算在发明望远镜之前，观测者也该能模模糊糊看到，天空中有一个圆形物体，每天慢慢自转。这个物体上的图案表现出奇特的变形效果，我想一定会有人把这个现象和球面镜联系起来，推断出这是地球的像，进而认识到地球是球形的，并且在自转。而且，无论什么时候，地球的像总是在球面镜子正中，也会有人能因此推断出月亮、地球和太阳的关系。"

"还有！发明望远镜以后，观察空中的像，也能帮助他们认识地球。读懂了这面月亮镜子，天文、地理、物理学都会……哦，还有哲学！一上来就对着一面镜子，天知道新文明会弄出什么新哲学体系！"

柳林拿起桌上的一杯酒，示意我共同举杯。今天桌上的菜本不丰盛，酒也是寡淡的，但此刻我看着手中的酒，仿佛这一杯里，就是地球历史上所有文人写过的诗，所有画匠绘过的图。

窗外还是风沙连天，我开口问："说了这么多……你觉得，未来地球上的智慧生命，真会明白我们的苦心吗？"

"……说实话，这我也不知道。"柳林一饮而尽。

四

柳森的声音把我从40年前的回忆里拉出来："趁今天是初一，地球上不方便观察月亮，我们把最后一个太阳能电磁投射器拆除了。"

"嗯，月球抛光工程已收尾完毕。接下来，执行全员的地球返程任务，就要辛苦你了。切记，继续向公众保密，真相只能带给他们恐慌。"

"我明白。只是……杨指挥官，你确定不回地球了？虽然月壳下面放了几个休眠仓，但那只是应急用的，就算能源全续上，最多只能维持5万年。"

"我知道，就是把它当成棺材来用的。我问你，回地球我们又有几年好活？不到1年了，对吧？我从小想到月亮上来，又为抛光工程耗了快40年，想在这里永远待着了。这儿也挺好，成天绕着地球转，离家不远，也不孤独。"

柳森笑起来特别像他爸，"好的，生死面前，我们能选择的东西确实也不多。那么，祝你好运。"

我也笑了笑。

但就在这时，原本黯淡的月表毫无征兆地蒙上一层粉红色的光。我突然警觉，连忙问："怎么回事？"

柳森与耳边的无线电交流了几句，答复道："没什么大事，地球方面知晓我们拆完了电磁投射器，王先生的公司就又开始在月球上打广告了。"

"原来如此，他倒是兢兢业业。不过现在反射率那么高，广告效果肯定差了好多，也不知道又找了什么借口继续糊弄人。"说到这里我停顿了一下，"记得这个季度广告订单……是苹果公司吧？徽标不是银白色吗？怎么是粉红色的光？"

"回复指挥官，情况是这样的：今天是王先生的结婚纪念日，他事先赔付了苹果一笔巨额资金，把今天的月球广告位要回来了，给他夫人爱的表白。"

"嘿，难怪是粉红色的，有钱真好啊，一把年纪了还能玩这出，"我戏谑道，"他在月亮上写了些啥？我们也跟着学学。"

"唔，爱……爱你直到世界末日。"

"……"

直到世界末日啊……我和柳森都陷入了沉默。

在漫天粉红色的光芒里，我们两个大男人杵着特别尴尬。但我也知道，如果在地球上看，此刻的月亮变成了一颗粉红色的心脏，世界上所有女孩都觉得这浪漫极了，纷纷憧憬着未来某个小伙子也能送自己一颗这样的"心脏"。但唯有王先生清楚，这颗心脏最多还能跳动一年，等到它停跳的那一天，自己会牵着心爱女人的手。

爱你直到世界末日……有钱真好，混蛋啊……

"杨总指挥官，那我们就在此告别吧。明天我将与大部队返航地球。我会向父亲带去你的问候。"柳森在那颗心下说。

"谁要问候他？给我派的……都是什么鬼差事！"

送走了柳森，我转身沿漫长的阶梯往月壳深处走去，阶梯真的很长，长到我有足够时间去回忆一生，长到我有冗余去羡慕地球上的人。他们上班下班，他们笑了又哭，他们的一天过去后又是充满希望的一天，直到……

在"滴"一声后，休眠舱打开，我横躺进去，混合着麻醉物的气体开始释放，意识越来越缥缈……可能死亡就是一个永恒梦境吧。

早知道这就和做梦一样，我还怕什么呢？

五

1

我梦见一个异常明亮的夜晚，亮得如同一个长达12个小时的黎明。

簌簌声响后，灌木丛一阵颤抖，钻出一只河狸。现在，它是现存的数一数二的大型哺乳动物了。这要多亏了它是顽强的啮齿类，家园又临近水源，水和自己搭建的巢穴保护了它。

它纵身跃进河，朝下游游去，泳姿类似狗刨，厚而致密的皮毛在水中闪闪发亮。河狸不能理解为什么这些年里，比它高大、凶猛、强壮的动物逐一死去。但它能隐隐察觉，日子正一点一点变好。雷暴在全球范围内制造了一场场酸雨，这是好信号：氮氧化物随雨水渗进贫瘠的土地，充当起肥料；氧分子在高能放电中进一步氧化——臭氧层也在恢复。

河狸扎进水面搜寻许久，却没找到可以吃的水草和嫩枝，只在淤泥里捡到几个甲壳类动物。

这时，一个灰色的影子闪过，河狸一惊，把泥蟹一扔，迅速摆尾逃走了。

影子是一只海獭，抢走了被河狸扔下的泥蟹。如今地面上都是死去的动物，但在过量紫外线照射下，他们的尸体早就被革化，难以下咽。这泥蟹是不可多得的美食。

和所有鼬科动物一样，海獭拥有可提供强大保护的毛发和锐利的牙齿，可这牙不适合做开罐器。它抱着战利品，仰面浮在水中，以肚子为臼，找了块石头作舂，"咚咚"，节奏清晰地敲着泥蟹的壳。

海獭毛茸茸的脑袋仰着，豆子眼睛望向夜空。它的目光聚焦在夜空中一个特别明亮的小点上，正是它发出的光芒让夜晚如此明亮。似乎……这个小亮点旁还有个圆圆的影子……

"咔嚓"一声传来，泥蟹的厚壳终于被石头砸烂。海獭将它送到嘴边，愉快地吮吸起内脏来。

2

口耳相传的历史能追溯到5000年前，一切都从石头开始。

咸水文明的先民捕食鱼类和虾，对于海胆一类外壳坚硬的生物，就找一块石头将其敲碎。

如果遇见用得顺手的石头，就把它藏起来反复使用。慢慢地，先民们也在石头的用途上做了一些区分——锋利的石头撬开贝类，厚重的石头碾碎螃蟹的钳脚。

那为什么自己不造一块得心应手的石头呢？

第一个这么想的人，被后世称为"碎人氏"。他带领咸水文明走入了石器时代。石器的制造从一开始的摔制，变为精细的磨制。碎人氏发现，石头经过加工不仅可以捕食，还可以做更巧的事，比如用石针缝制树皮衣服。

对于咸水文明来说，世界被包裹在一个巨大的贻贝里。贻贝吃饭时，张开两瓣外壳儿，太阳光就透进来，那是白天。贻贝要睡觉了，合上壳挡住光，天就黑了。壳上的孔眼会零零散散透进光来，放眼望去便是漫天星星。每隔20多天，这只大贻贝会产出一颗大珍珠，那是奉献给神的礼物——亮星。

因为亮星周期性出现，每隔20多天，会有五六个夜晚比其他夜晚更亮。在这些被眷顾的夜晚里，咸水文明的女人们做衣服、磨制石器，男人们则教授幼子入海捕鱼的要领。

但也有极少数时候，他们需要和来自甜水文明的敌人作战——那群河狸！他们总是在河道上用木枝筑坝修屋，举着木制的矛和弓冲进咸水文明的部落。有巢氏就是这一群怪胎的头子，据说是他第一个想出了盖楼房和修磨坊的点子。

　　有巢氏用嘴把大坝啃开了一个口子（多么地野蛮！），在开口的阀门上装了个春子，水流过阀门，带动春一下一下砸进地基，这就有了更深的地基，河狸就能住在安全的高楼上。但讽刺的是，它们天生没有一双灵巧的手，光会啃木头筑楼又有什么作用呢？要知道，石头代表文明，木头象征落后！

　　亮星在上，请给予那些蠢河狸应得的惩罚！

3

　　"为什么我们的夜晚是这样？"

　　河狸可以活20岁。从3岁成年开始，伽狸略就开始思考这个问题，已经思考了17年。

　　伽狸略是一名优秀的筑坝师。甜水国居民善于计算，会测量地形数据，根据地貌修出用途不同的建筑：有的拦截河流，有的提供动力，有的一半没在水中可以养殖水草，有的内部画满了星图用来观测天象。这些屋子在河湾里连成一大片。河流就像它们的血液，带动研磨机房的齿轮运转，带动锯条锯开树木的底部，也流进锅炉为新生儿的房间加热。

　　最大的水中之城就是伽狸略设计的。可他现在不务正业了，只想弄清为什么天上总隐约有个蓝球。不同时间这个球的样子也不大一样，有时是完整的，有时只能看到一部分，甚至有时它会在白天出现。

　　他知道光凭眼睛去看是不行的，需要更好的观测器具。但河狸造不出精密仪器，能做到这一点的只有海獭。

虽然持续数千年的狸獭之战在20世纪告终，但两族间的隔阂丝毫未减。幸亏獭勒密不信奉唯獭主义。作为海獭中首屈一指的能工巧匠，他欣然接受委托，按伽狸略计算的模型造出一架桶状机器，它的前后各有一个磨制出的镜片，可将远处景象放大。

伽狸略用这台机器观测天空，逐渐得出一个结论，蓝绿色圆球的变化和亮星的出现有一定的关联。

"世界或许不是一个大贻贝。"伽狸略说，他用大牙在桌上蹭来蹭去。

"嘘，亮星在上，这可不能乱说。神会降下海啸……"獭勒密连忙用手捂住伽狸略的嘴，可还是捂不住他的大牙。

"亮星就是太阳。"

"瞎说什么呢！太阳是一个火球，亮星是一颗珍珠……"

伽狸略面前放着一张草稿纸，在一堆公式和数字旁，画着大小不一的三个圆球，它们连成一条线。

"如果天上有一面球形的镜子，而世界就处在镜子和太阳中间，那会怎么样？"

"哦，不！亮星会生气的！"

4

发射仪式的现场，狸獭联盟的主席正在发表演说，他身后是象征甜咸联盟和平发展的徽章——代表海獭的石头与代表河狸的木桩绕成一个圈，环抱着地球。

"镜球之谜是世界七大谜团之一。曾经，镜球帮助我们了解了太阳系，也给我们留下了无尽疑惑——是谁将那面镜子放在地球旁边？他们有何目的？是为了帮助我们、威慑我们，还只是单纯的一个恶作剧？在獭狸文明的历史上，无数假说和理论因此提出。今天，凝结着河狸的科学与海獭的技术的航天器将前往镜球，揭开这一谜底。

让我们共同期待着，航天员登上镜球，为獭狸文明的发展谱写充满希望的新篇章！"

台下掌声雷动，但如果仔细听，会发现掌声分成两部分：海獭手肘碰撞发出的砰砰声，与河狸用尾巴击打地面发出的啪啪声。

六

"我们在你意识中植入了四个梦境，分别对应了獭狸文明的四个重要历史节点。希望能够帮助你了解我们的过去。"

休眠舱启动了复苏程序。

刚刚说话的……是谁？等等，什么情况？我没死？

难道是冬眠装置失灵了？我艰难地抬起手操作屏幕，想弄明白自己究竟睡了多久。这时，一种我能够听懂的语言传来：

"1500万年。报丧者杨庆海，你好。你在休眠状态里度过了1500

万年。"

"怎么可能？要真这样，休眠系统早坏了！"

"你再仔细看看周围的装置。"

我意识到这声音是电子合成的，难怪它显得生硬而死板。身体机能尚未恢复，我拼尽全力坐了起来，环顾周遭。

"啊？！所有机器我都不认识了，怎么回事？！"

"休眠舱深入月表以下，伽马射线暴没有对你造成致命打击。但5万年后电源耗尽，你还是难逃一死。所幸月球环境和废旧的休眠舱对肉体保存来说非常理想。等到1000万年后我们找到你的遗体时，还能勉强读取你大脑存储的信息。"

"你是说我死了？但我现在不是好好的吗？"

"用你那个时代的话来说，我们克隆了你。但这也不准确，实操中，我们将你身上每一个细胞重新独立培养，然后再进行组合。这比克隆好，不需要花力气就能把你从单个细胞养大。我们还将你大脑的物理状态复刻为休眠前一秒的样子，可以理解成你的记忆被移植了。还有一个好消息，现在的你，就是你21岁时的样子。恭喜你了。"

我来不及消化这些信息，急忙问："你究竟是谁？"

"我们是人类之后的地球文明。我们来到镜球，也就是你概念里的月球，发现了你，就给你留下了这一段语音。现在我们也不在这颗星球上。"

"那这段语音留言倒是挺智能的。"

"首先，要感谢你和你的同僚。月球抛光计划为我们留下了至关重要的信息。明亮的夜晚给了我们更多学习的时间，镜面给了我们审视自己的机会。你休眠1000万年后，我们就有了登月的能力，发现了你，也收到了你们留下的警告。那之后我们用1000年研发出了近光速飞船，并用了大约1万年时间转移全体地球居民。飞船分别向银河系中三个不同的恒星系进发，开启了星际移民时代。我们不再会被任何灾难一次性消灭，这多亏了你们的镜子！"

"所以你们已经走完了？还有，你刚刚说我睡了1500万年？为什么500万年前发现了我，现在才把我叫起来？"

"咦？你不是曾经说，想在月亮上长眠吗？"

"这是海獭的幽默感吗？我都睡1000万年了，还不算长眠啊？！"

"刚刚是玩笑，请不要介意。"他似乎想要模仿人类的语气，却显得笨拙而尴尬，"虽然我们已离开地球，但伽马射线暴还是会如期而至，地球生态又将经历一次涅槃。新的文明轮回又要开始，曾经，人类送给我们一个光滑的月球；而现在，我们想留给下一个文明的礼物，就是你——报丧者杨庆海。"

"啥？什么意思？"

"我们改造了你的休眠装置，让你在新一轮伽马暴到来后醒来——是的，你在睡梦中经历了两次伽马射线暴，并且你的身体也跟过去不同了，你不会衰老，也不会因外力打击而死亡——其中的科技对我们来说并不复杂，已经储存在留下的资料中，你可以慢慢学习。反正你也不会死，时间有的是。"

"我要学这些干吗？"

"我们还给你留下了去往地球的穿梭装置，和充足的物资与设备，从武器到休闲娱乐设施都有。这些东西，连同我们文明的所有科技成果，都向你开放了使用权限。你可以带着这些回到地球，在那里可以建造任何你想要的东西。"

"可我为什么要回地球？我去那儿一个人做什么呀！"

"伽马射线暴的打击刚刚过去，新周期里一切还将继续。经历过两个文明的更迭，你难道没有什么想对未来的孩子们说吗？"

听到这里，我心中一紧。

电子合成音继续说道："你可以亲口说给他们听，关于黑洞和中子星的危机，关于地球的过去和未来，告诉他们每一个为文明传承牺牲的人的名字，也能教给他们每一首你小时候唱过的儿歌。你将不老不死，至高至明。你将作为唯一的神，引导生灵从蒙昧走出，直到走向星空深处。"

"星空深处？……星空是有代价的。"我突然想起许多年前，面对星空之中无处不在的危机时，自己曾这样感叹过。

"对了，离开之前还要告诉你一件事：你曾在月球雨海里发现的那块石牌，那也不是地球的第一个文明。远在那之前，地球上的智慧生命就尝试用各种方式，在文明代际之间传递危机的警告。有的成功了，下一个文明飞速发展；有的失败，下一个文明没有接收到信息就被射线杀死。这颗蓝色星球之所以一次次孕育出文明，是因为星空是有代价的。星空里的危机是文明进发的动力，星空深处又是文明最后的归宿。星空有代价，但那是星空啊……"

那个声音说完这些，便不再吱声了。

我从月壳深处的休眠室内踉踉跄跄走出来。他们的科技水平令我无法理解，居然把我的身体改造成不要隔离装备也可以在月表自如行走。在真空中，我没有痛苦的感觉，也不能体会欢乐。看着陌生又熟悉的身体，巨大的空虚感袭来，我竟一时不知该如何是好。

这时，我抬起头，看见地球正散发出淡淡辉光，星空掩映下，它还是淡蓝色的，像宝石，像一滴眼泪，像所有故事的起点。

哦，对了，刚才他们叫我什么来着？报丧者？

我流下眼泪，但真空中没有气压，泪滴瞬间在我脸上沸腾，然后又凝结成极细小的冰晶。

报丧者杨庆海……哈……看来，又得是我把坏消息带给下一个文明了，这都给我布置了些什么差事！

第一次我带回一块石牌。

第二次我抛光了月亮。

第三次，我将亲口对他们讲述一个故事，一个关于这颗星球上文明生与灭的传说。

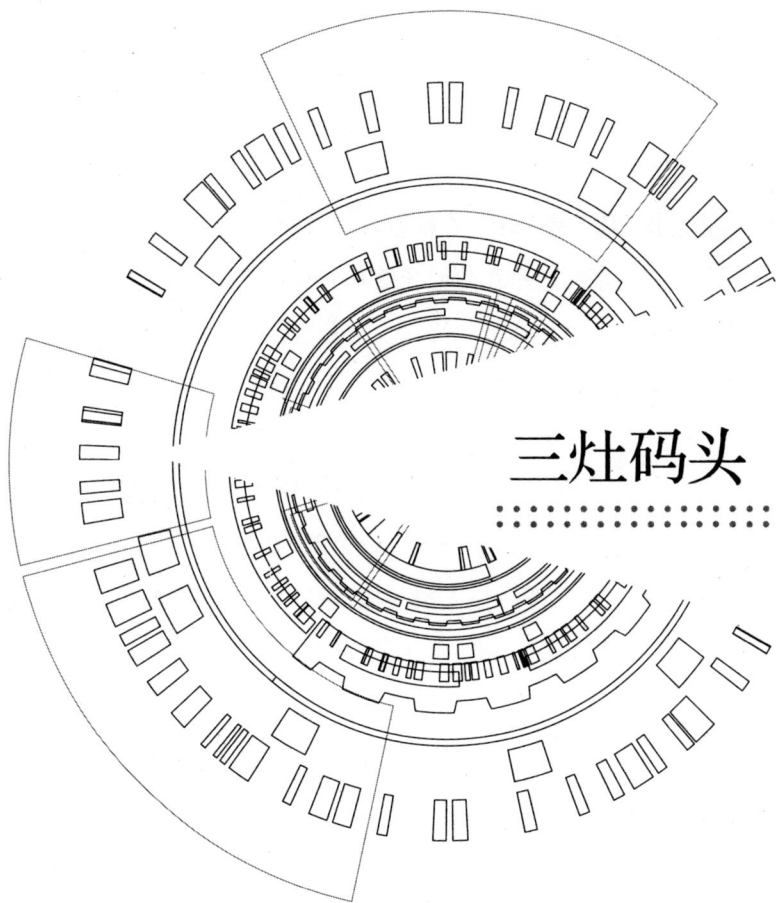

三灶码头

1

"三灶码头"这个名字在地图上已经不好找了。100年前，它是惠南镇东门外的一个村子，我的外公出生在那里。

村子临海，据说东海之水在此地开始有了南北的分别：南边的派入浙江，北边的派入长江。这里河港环绕，水路发达，与上海县（今闵行区）接壤，各色的船、货、人、事汇集又分离。称呼村子为"码头"，大约也与这热热闹闹的聚散有关。

因为耕田距离海边很近，雍正年时的县令钦连修了一条护海塘，以防止海水倒灌，当地人称之为钦公塘。钦公塘塘西有一座明清式的三进四合院——第一进的街门被一户人家改成店铺，用一条游廊隔开；二进院是客堂，后院则是居所；院外，还盖了一排茅屋供用人居住、堆放杂物。

四合院是没什么稀奇的，水乡人家在通达之后都会盖这样一座房子，但当地人独独把这家的四合院当成表明方位的一个标识，一个地名。

"明日晌午来'乔裕丰'斜对过，我有东西给你。"

"等下如果走丢了，就到'乔裕丰'西边，妈妈等你。"

只要这样一说，人们便都能马上明白所指是哪。因为"乔裕丰"的街门建得很高，檐下又悬挂了红色的幌子，从一片青砖青瓦中巍然突出，很是显眼。

　　"乔裕丰"的主人乔老板在本地有点名望。他年幼时是四合院里唯一的男孩，祖辈溺爱，性格里留下了一些还没有长大的东西。他好游玩也好结交。除茶馆外，码头上就数"乔裕丰"最热闹。夏天店里坐满了人，茶几上放两支水烟筒供人消遣。乔老板时常穿着鹅牌老式汗衫和白府绸的衣裤，与客人边玩笑边把木牌上密密麻麻的赊账誊到账簿里。

　　在四十多岁前，乔老板是个很有福气的人。由于往上两代都是独子，他继承了乔家全部的资产——一百多亩田、一片店铺、两艘货船、一头牛和两把来复枪。自己家只耕二十多亩地，其他的佃出去；开的杂货店卖烟、酒、酱油、糕点和纸烛，店面不能盈利也不要紧，因为收来的租子已够一家人生活。成婚后，妻子为他生育了五个儿子和三个女儿，四合院到他这一辈终于喧闹了起来。

　　最让他面上有光的是，五个儿子里，第四个头脑聪明，读书认字都很早，这也就是我的外公。

　　一次镇上的督学来考察，问教室里三年级的同学，帮忙的"帮"字怎么写。大孩子都不会。督学问谁会，会的举手。正读一年级的乔老四一双小手举起来，在黑板上认认真真写下了一个正确的"帮"字。督学很高兴，从此码头上的人就都知道了乔家的老四灵光。

　　乔老板每天早上起来就到茶馆里坐坐，洗把脸喝点茶，有时也带着老四去。他和朋友拉家常，儿子在旁做功课吃糯米糕点。要是那天不上学，乔老四都愿意跟着去，因为出了门父亲会更加精神，不像在家里时常听见他咳嗽气喘，有的晚上仍不得不坐卧。阿妈说再这么下去，就得去上海看病了。

2

春天暖和起来的时候，乔老板的病好转。这年的秧苗又长得很不错。毕竟是玩性大的人，他就叫来码头上的熟人一起放风筝。

惠南一代有放风筝的传统，称放风筝为"放鹞子"。大型的"鹞子"用竹片和竹篾绑扎而成，再糊上牛皮纸，上半部呈长方形，下半部就是一个等腰三角形，这种风筝的土语叫作"板门"。风筝最主要的一根骨杆被绷成一个大弧度的弓形，上面系着一根在胶汁里浸泡过的布条，那是"鹞鞭"，升空后它会把空气抽出响声，多远都能听见。

乔家的"板门"足有三米多高，上贴一副万年红的对联。"鹞鞭"有二十多根，每根二十多米，很是威风好看。在放风筝的季节里，乔家晚上喊来好几个人搓麻绳，麻绳像小孩子的指头似的粗，一盘盘地码好了放在地上，那是风筝线。

放风筝的场地选在钦公塘上，长长的一条海塘上不种庄稼也没有树，海风畅快地从这一头吹向那一头。

乔家的"板门"太大了，是无法自己升空的，父亲又找出另两只风筝来，小的一只有一米高，乔老四和一个哥哥举着，大的一只比人高一些，让长工伯伯抬到塘上。

下午落日前的风最大，十几个人排成队喊着号子一起跑，小的风筝在前头，升起后拉动第二个风筝，再带着第三个大风筝上天。等大风筝推升到了高空，需要好几个成年人一起牵拉麻绳，缓缓放出风筝线，最后再把线的尾端绑在四合院的拴马桩上。

正是傍晚涨潮的时候，钦公塘的一侧是蓝墨色的海水，另一侧是绿森森的春日稻田。无论在种田还是在赶路，三灶码头上的所有人都抬起头看，看到风筝上两抹万年红的影子，就知道这是高门檐红幌子的"乔裕丰"的风筝。

"你知道莱特兄弟吗？"三哥问乔老四。

"不知道。"

"白读了那么多书！飞机知道吗？"

"这个知道的。"

乔家有一台直流电收音机。乔老四从收音机里听过这个词，知道它是金属的，会飞，也知道它不便宜。

"飞机飞得比风筝高。"三哥说。

"你怎么知道的？"

"二哥说的，机械厂去龙华飞机场参观，他见过。飞机有的可以坐人，有的可以打仗，一点火就能飞老高！"

"那是多高？"

"肯定比风筝高！对着它许愿也比对着风筝灵！因为它能把愿望带到更高的地方去，观音娘娘能听到。"

"我不相信这个，大姐哄小孩子的，怪力乱神！"乔老四摇摇头。

等到天黑下来，风筝上挂的十几个手电筒就能看得见了。人群渐渐散去，只剩它们亮晶晶地在风里摆动，和星星混在一起难以分清。

大风筝在天上飞了一个昼夜。等到码头上的所有孩子都许了愿望之后，几个成年人合力把它收了回来，刷上桐油往仓库里收好，等着来年再飞。

乔老四的愿望是父亲身体快些好起来。

3

放风筝的季节过去了，乔老四升入高小，父亲的病到底还是变重了，由阿妈陪着去了上海的医院。

八月中旬的一个晚上，二哥回来了。二哥是冒着大雨从上海跑回三灶码头的。他做学徒的机械厂被日本人炸了，上海开始打仗了。

战争、疾病、几场暴雨，让这年的光景变得惨淡起来。

到了冬天，阿妈带着乔老四和大姐一起翻店里的账。村里的人家一般没有闲钱放着，所以在乔家店买东西多数都赊账，等有闲钱再来结清。

店堂墙上挂着一块白底小木牌，上书"流年万利"四个字，下面便放着账簿。陈年宿账积下来有好几页，阿妈就带着乔老四去要账。可是这一年种棉花种稻米的收成都不好，许多人家的情况更困难，阿妈说算了，最后一无所获地回了家。

乔家欠别人的钱却不能这样地算了，父亲不善理财，又常年治病，阿妈什么都没有说，但乔老四和姐姐私下算一算，眼见着是要卖田了。

家里辞退了长工，从上海回来的二哥成为田里的主要劳动力，牛则归乔老四照顾。那是一头大阉牛，每天早晨上学前或傍晚放学后，乔老四带着它去打水，顺便让它在附近草地上饱餐一顿。

　　牛棚在仓库旁边，这天乔老四来牵牛，发现一截麻绳从仓库门缝里露出来，他便想去收拾，进了仓库却发现里面一切都井井有条，唯有春天里放的板门风筝被人动过了，歪斜靠在墙角，风筝线也乱作一团。

　　他忙去查看风筝，万幸上面没有伤痕也没有折损，只是在风筝尾部拴"鹞鞭"的地方，长出来一个拳头大的圆球。他用手一摘，球就掉了下来。

　　小球里面是蓝色的一团光，像阳光射在海水上，仔细看还能看见蓝光里有一个小点，一上一下地蹿跳。他从没见过这样的东西，乔老四把小球揣进口袋里，赶着牛出门了。

　　屋外的空气里没有一丝风，路上也没有人，乔老四赶牛路过钦公塘。云明明走得很慢，地上斑驳的影子却迅速移动起来，乔老四疑惑地往光线的方向望去。

　　在一轮落日的边角上，有个指甲盖那么大的阴影飘浮在空中，上面呈三角形，下面是正方形。

　　明明放风筝的季节已经过去了，他心想。

　　那个阴影晃晃悠悠向下飘落，如同一片叶子，最后掉进远处的海里。

　　这个时候牛不愿意走了，乔老四折下一根芦苇赶了一会儿牛，那只"风筝"渐渐漂到了岸边。

　　那可比他家的风筝还大多了，有个十来米长，表面发出银锭一样的光，尖头尖脑，却可以浅浅地浮在水上，随着海浪微微摇动。

　　突然，"风筝"上打开一扇门，出来个男人，衣服已经破烂不堪了，脸却是细皮嫩肉的，不像是种庄稼的人。

　　"喂——"那人喊道。

　　乔老四回头望了一圈，周围没有人，是在喊自己。

"喂——"

乔老四装作没听到，抽了两下牛的屁股。然而牛就像与他作对一般，偏着性子一动不动，反而开始在路边悠闲地嚼草吃。

"奇怪，难道你是哑巴？"

那人走得很近了。

"问你话呢。"

他的影子就横在面前，乔老四只好抬头对着他，"你那个银色的东西，是不是飞机？"

海里出来的人皱眉，仿佛听到了很有意思的话，"你知道飞机，小乡巴佬？"

"我知道，我家订了《申报》，还有一台收音机。"

"你家有收音机？收音机在你们这儿很稀罕？"

"对。全码头就我家里有。"

那人个子很高，乔老四又是个小不点儿，他弯下腰来和他平视。

"是这样的，我的飞机坏了，你也看到了，它掉下来了。没有它我就回不去，我得把它修好，所以……可能得要你帮我点忙。"

"你是不是坏人？"

"我不是坏人。"

"'我不是坏人'，我大姐说，坏人都会这么讲。"

"坏人"看着乔老四，愣了一会儿，拉他到飞机旁。

"你自己看。"

说来也奇怪，明明半个飞机都浸在海水里，可是银灰色的表面却没有沾上一滴水。乔老四伸出手想去摸摸，回头看了"坏人"一眼。

"摸吧。"

他明白了为什么水沾不上去，飞机表面是非常光滑的，而且冷冰冰的，摸着像一条鱼。

"想进去看看吗？" "坏人"打开飞机的舱门。

乔老四摇头，"不看了不看了，牛在路边。我着急回家，三姐烧米饭还要用水。"

"那你相信我了吧？我不是坏人，只是遇到了麻烦，需要你帮帮忙。你几岁，念书吗？"

"九岁，四年级。"

"教书先生有没有告诉你，乐于助人是一种美德？"

乔老四抿着嘴，"那你要我怎么帮你呢？我不会修东西，我二哥之前在上海机械厂做学徒，他说不定会……"

"不要你二哥，他没见过这种飞机。我自己能修，但可能需要一点时间。大概几天……或者几个礼拜的样子吧！这期间我得吃饭，不然没得力气。你刚说你家是姐姐做饭，你每天给我带一点出来就行了。"

"你让我偷家里的粮食？我不干我不干。"乔老四把头摇得像拨浪鼓。

"坏人"严肃起来。"东洋人有飞机、大炮、轮船，整个中国能打仗的飞机一共百十来架，现在我这一架坏了——你说，不团结起来怎么打胜仗呢？"

乔老四歪着脑袋在思考，"坏人"用手戳了戳他的脑门。

"你就每天下午放牛的时候给我带吃的，放心，我要求不高，每天两荤一素就行。"

乔老四皱起眉头。

4

乔家有个特别的规矩，家里只有读过书的孩子能够上桌跟大人一起吃饭。

弟弟年龄小，肯定是不够格的，所以阿妈只给他发两张板凳，一张上面放着一饭一菜，另外一张用来坐着，就这样在桌边埋着头吃。

乔老四上了高小后就有了上桌的权利。父亲边吃饭边问了最近的功课，他一一作答，又将先生讲的局势情况告诉父亲：东洋人已经在上海市和惠南镇站稳了脚跟，只是人没有那么多，三灶码头这样的村落不可能派军进驻。如果需要进城，得当心从南往北的道路，因为很有可能会有士兵巡逻。

父亲见他功课进步又很关心时局，满意地放下筷子，然后披上一件黑色呢绒外套，穿过积了薄雪的庭心，回房休息了。

乔老四抓起了一个馒头一碟小菜，"阿妈，我回房温书了，今天想早睡。"

他将这一个馒头一碟小菜带到钦公塘时，"坏人"正躺在一片芦苇丛里睡觉，旁边支了几根树枝，上面悬挂着一个水壶。

"你不是要修飞机吗？"

"我得先想想怎么修啊！就像作文前要打腹稿一样，都得有一个酝酿

038

的过程。"

"喏，这是吃的。"

"坏人"倒没有嫌弃吃的东西粗陋，就着白开水狼吞虎咽起来。

乔老四四下张望了一圈并没有人，于是开口道："有个问题你得告诉我。"

"问。"

"为什么你不直接去买吃的，一定要我来送吃的呢？你一个开飞机的，不舍得花这点小钱吗？"

"我不想让其他人看见我，太麻烦。""坏人"顿了一顿，仿佛被馒头噎住了，"飞机是军队机密，跟太多人打交道，要泄露机密。"

"那你为什么信我呢？"

"你是小孩儿。小孩儿的话没人信，等你长大了，再想起这一段，自己都不相信自己！以为是做了个梦。"

"不会的。"

"嗯，现在你是说不会的。""坏人"轻哼了一声，接着吃饭。

"你的飞机是哪里坏啦？"

"动力系统出了点故障，所以误降到这里。掉进海里的时候能源没了，现在飞不起来。"

"哦……报纸上说，东洋人的飞机是烧油的。你的也是吧？"

"不是。"

"那烧煤吗？火车烧煤的。"

"不是。我的飞机用的能源更加……更加高级，不烧任何东西，是靠风来飞。"

"靠风来飞？那是什么意思？那么厉害怎么还掉海里了？"

"坏人"似乎想起了什么，开始了自言自语："掉进海里，掉进海里……嘿，掉进海里有掉进海里的办法，用电就行了……虽说发电比较麻烦，但备用设备全套都是有的。"

乔老四觉得这可真是个怪人。

之后几天乔老四很守信，夹带着馒头玉米饼给"坏人"送来，而"坏人"在饱餐一顿之后会开始他的工作。

"你们这边吃的真不错！"

"军队里吃得不好吗？"乔老四问。

"我们吃的东西对身体更好，但是没什么味道。食物都被分装到一个个小口袋里，像药一样喝水送下去。"

"我三哥还说长大想从军，知道东西难吃说不定他就不去了。"

"你不想从军吗？"

"不想。从军就是打仗，打仗也救不了我父亲的病，打仗只会让世界越来越糟。"

"坏人"听了乔老四的话，停下了手里挖沙的活儿，"但是，你觉得干什么会让世界越来越好呢？"

乔老四想不到，于是不说话了。

"别干站着了，来帮我干活儿。"

他在滩涂上修建起了工事，依照地形，将别处挖来的泥和沙混合，堆积成了几米长的小小"堤坝"。堤坝底部留了一条缝隙，用木头做了一个活阀，在堤坝上往上一拉，控制阀门的开关。"坏人"用木头刻了一枚螺旋桨，放置在活阀之后，又让乔老四从自家仓库找来了一卷卷的金属。

"你家是有铁线，只是这个纯度也太低了……不行啊。""坏人"盘腿坐着，面前放着几堆线，一副愁眉苦脸的样子。

"我还不想给你呢。"

"真没别的线了吗？铜线？有吗？"

"铜是很贵的，有，我也不能给你。"

"哎？你这小乡巴佬，我都答应你飞机修好了带你上天兜一圈，怎么反悔了？"

"铜太贵了！"

"坏人"撇撇嘴，"小守财奴！没有导线可怎么办……"

5

这两日下雪，可是家里的活并没有因此变少。

姐姐天亮起来熬糨糊——店里每天都要煮一盆糨糊免费给街坊用，谁家要用都可以来店里取。据说里面放了花椒水，他们拿来糊鞋靠子真是可惜。

打扫、整理店铺的工作则由三哥和乔老四轮值来做。三哥马虎，乔老四很细心，用湿抹布擦完柜台还要再用干抹布擦一遍。大人一进店堂一抹桌子，再看地上的灰，就能知道今天是老三还是老四值日。

这一天不上课，乔老四打扫完卫生后，帮姐姐用筛子筛做糨糊的面粉，弯腰时口袋滚出来一个晶莹剔透的圆球。

三姐问他这是什么，乔老四怕乱拿东西挨责罚，连忙藏起来说是同学借给他的大弹珠。

等到姐姐回屋，乔老四把"弹珠"又掏出来看了看，记得前些天这颗球里还是蓝色的光，今天却和庭前下雪一样，雾蒙蒙的，飘散了一些白色的碎屑，奇怪极了。他心想着晚上要不要把它拿给那个人看看，兴许这样一来就能搞清楚了。

"坏人"一般在飞机里睡觉。他也不怕飞机生锈，依旧由着它浸泡在海水中。

为了不让路过的人看见这架飞机，他用一张薄膜覆盖了整个机身。飞机成透明的了，除了风吹过海面的时候，机身表面会有微微颤动外，就和消失了一样。

"坏人"告诉乔老四，那块薄膜就是一块屏幕。它随时将飞机身后的风景拍下来，通过光纤传输，投射到机体的前面，这样一来，整个庞然大物便看不见了。

乔老四不懂什么是光纤，轻轻拍了拍处于隐形状态的飞机。

"你说它像一块屏幕？那能用它来放电影吗？"

"坏人"想了想，"可以是可以，但肯定没有你想看的戏。"

乔老四兴奋了起来，"那能把家里人都叫来，一起看一场电影吗？"

"不行，都说了涉及机密。"

"上次我们去上海看父亲，在虹口大戏院里看了一场外国人演的电影。但是那时姐姐在看家，我想给她放一场。"

"我在做正经事儿呢!""坏人"不耐烦地说,"你姐姐看电影重要,还是把东洋人赶回老家重要?"

乔老四没有继续说话,手里紧紧攥着那个透明的小圆球,现在球体里面和黑色的夜空一样,布满了星星。

乔老四生气了,放下吃的,一溜烟跑回了家。

6

就在这天的晚上,东洋人进了村子。

其实一开始村民也不确定那是不是东洋人。自从战争开始,各方武装势力蠢蠢欲动,有时乌泱泱地带着枪械大呼小喝着闯进村,不知是黄衫队(伪军)、野猫队(土匪)还是真东洋人。但无论是哪路人,进村后都要挑一个四合院,把那家的男主人吊起来毒打,直到他说出家财藏在哪里。哀号声听得心惊胆战,没人敢在这个时候出门,往往都是等武装部队走了,大家才会从别人口中得知刚刚来的是哪一路神仙。

这个晚上,在能辨别来者是何人之前,乔老板携着两支来复枪和一家老小从家旁的水道划船逃了出去,暂时避避风头。上个月乡政府号召有枪的各家捐枪支持抗日,乔老板想捐,但正好瞧见大儿子和二儿子拿着枪在屋顶练习瞄准,就想缓几个礼拜。阴错阳差,此时有枪揣在怀里,心中还踏实了些。

三灶码头周围的水路复杂，一家人划到了天黑，在一座石桥下把船拴好，准备如此将就一夜。

此处生着水葱和荇菜，像是人迹罕至的水道，大人稍稍放了心。孩子们玩性大，避难在他们眼中变成了春游，挤在船篷里点一只马灯讲鬼故事。

就在故事里的鬼要上岸杀人的时候，枪响从近处的巷弄里传来。紧接着是一股硫磺味，还有只有大军靴才能踩出的脚步声。

阿妈连忙熄了灯，一家人大气都不敢出缩在船里，连乔老板也压着咳嗽。在绝对安静的环境里，脚步声越来越近，而且越来越慢，像在仔细搜寻什么。

如果真被发现，一家人躲在桥洞里该怎么解释呢？同村的一户姚姓人家被抓走后再也没回来。都听说过日本人残忍得很，他们是不是也要被抓起来，跟姚家人会面了呢？

三个日本兵举着手电和灯笼在岸边行走，如果他们此时往桥洞里探头，一定可以发现这条载人小船。

有一张轻薄的布把船覆盖住，什么声音也没发出，乔家人在黑暗中甚至都没有感知到。但乔老四认识这层薄膜，它是如此密致，一旦被包裹住，一点儿风也透不进来。

"坏人"从船尾钻了进来。

"借你们枪用一下。"

他瞄得很准，三个士兵，一共三枪。只不过都没有打中要害，士兵们躺在地上大喊大叫，趁一片混乱，隐形的船划了出去。

天亮的时候，乔家人安全回到四合院。

"你的枪法真好。"

乔老四迎着太阳送"坏人"回钦公塘，家人本想留他住，但这人死活要回到飞机上。

"我是当兵的，当然什么都会。我会打枪、会杀人、会开飞机……"

"既然你那么厉害，怎么会把飞机开到水里呢？"

"坏人"不说话了，乔老四接着说："刚刚你跟爹妈说你是个邮递员，我听见了。连个实话都不给，白吃了我家那么多天的饭！"

他小小的一个人，跟在巨大的影子后。"你是日本人派来的吧？只有日本飞机被击落在了中国，才会像过街老鼠一样，不敢让人知道！"

"那我刚才为什么救你们？"

"别以为我没看到，你故意没打死日本兵，却在他们倒下后偷偷从人家手里拿了东西，你是日本人派来的细作！"

"坏人"重重拍了一下乔老四的头，"我是为了拿这个！"

他从随身的背包中掏出了两把铝制水壶，举在手中晃了晃。

7

将水壶熔化后，"坏人"把它打成薄薄的一条带子，又在飞机里找到带有一个孔的卡片，铝带从孔中穿过，拉成了一条细线。乔老四拿出家里的麻线，绞绕在铝线上。

现在来帮忙的人多了起来，乔家贡献出所有的铜，几个男孩子过来打下手修补水坝，制作导线。等到一切准备就绪了，"坏人"把一圈圈的铝丝缠绕在一个木框上。

"这叫作线圈，这个是我带来的磁铁，线圈在磁铁的磁场里转就会产生电流。所以叫它发电机。""坏人"解释道。

"我知道电！"乔老四终于等到一个听懂的词。

等到发电机做好的时候，空荡荡的海边潮水退到最低，螃蟹泥螺爬上岸，乔老四正好来送吃的。"坏人"把发电机安装在之前筑好的小水坝里，再用铝线将它连在了飞机上，便坐下来吃干粮。

"你不想当兵是吧？那你以后想做什么呢？"

"医生，治好父亲的病。"

"你爸爸有什么病？"

"肺痨。"

"坏人""唔"了一声，然后就不说话了。

潮在不知不觉中就涨了起来，海水填满了他们建筑的堤坝。"坏人"用木杆量了量水的深度，一副很满意的样子。

"就等落潮啦！"

堤坝底部装有螺旋桨，落潮后开闸，海水从阀门中流出，带动了螺旋桨，也让线圈跟着一起转。"坏人"说这是充电的过程。

可是他看起来还是忧心忡忡，"大约有好几个世纪没有人这样发电了吧？哎，但愿能凑合回去！"

"你的飞机本来是用什么起飞？"

"跟你说过，靠天气飞。蝴蝶效应懂吗？……南美洲热带雨林中的一只蝴蝶，偶尔扇动几下翅膀，可以在两周后引起美国得克萨斯的一场风暴。我们通过算法破解了天气的混沌系统，通过一点点微调就可以改变风速和降雨……"

"你在说什么呀？"

"坏人"不作声，低头调试飞机仪表盘上的参数。

"电充满了，我们走吧。"他最后检查了一遍。

"我也上去吗？"

"我答应过你的，带你上天兜一圈。"

飞机的舱室里比外面看起来宽敞，乔老四坐在"坏人"旁边，一阵巨响后，飞机从滩涂里挪出来，坐在上面的人甚至能感受到轧过碎石子和浪花的颠簸。

下一个瞬间，加速度把他们狠狠摁在椅子上，飞机掠过海面的速度很快，浪花重重地拍在机身上，让整个机体发出啪啪声的震动。"会不会散架？"乔老四扯着嗓子喊。但"坏人"听不见，起飞的噪声已经盖过了一切。

驾驶飞机是一件很有意思的事，"坏人"不看前方的景象，而是看一块彩色的玻璃，上面显示飞机状况。他再一点点拉动操作杆，将飞机拉起。窗外天气是阴的，在高速移动的眼睛里，灰色的浪和灰色的天混合为一体，成了一块巨大的混沌的幕布。

乔老四忽然觉得自己变轻了，浪花比自己矮了，钦公塘也比自己矮了，耳边的噪声一下子变小了。

一开始他不敢低头看越来越小的房子、道路、村落，但是到后来他怎么也看不够，趴在机舱上，下巴抵着窗，眼睛里倒映着旋转的大地。

"比你们家风筝高吧？""坏人"问。

乔老四没回答。

"看傻了啊？"

"没……没有，刚刚我许了个愿。"

"为什么在这里许愿？"

"这里高，神仙能听到。听到了，会把父亲的病治好。"

"坏人"转过头，看了乔老四一眼。

"你的愿望不会实现的。"

"什么？"

"肺结核要等抗生素大规模生产之后才能治。你父亲如果晚生个几十年就好了。"

"……骗人。"

"没骗你，我是当兵的我都知道。"

"你这个来路不明的人，说些莫名其妙的话，在我家骗吃骗喝，你快把我放下去。放下去！"

就在这个时候，飞机的动力装置发出了一阵巨大的鸣响，仿佛什么东西被生生撕裂开，然后机舱里的两个人感到天旋地转。

"怎么回事？"

"不行……果然电力还是带不起来……你坐好了，扣好安全带，我们先回到地上！"

乔老四不敢说话了，"坏人"的额头渗出汗珠，盯着眼前的数字，手里的操作一秒也没有停下来。

飞机降落回到钦公塘，乔老四第一件事就是伏在路边吐了一通。被刚刚的失重和惊吓折腾得翻江倒海，等到他抬起头想找块帕子擦擦的时候，发现"坏人"就蹲在他旁边三米，也是闭眼低着头，扶着树一样地吐。

"喂……"乔老四拉拉他的衣角。

"完了完了，这下回不去了……"那人吐完坐在地上像要哭的样子。

"你不是当兵的吗？"

"回不去该怎么办啊……"

"你究竟是要回哪里？"

"坏人"斜斜地撇乔老四一眼。

"你怎么不回家？还坐在这里干什么？以后不要你送吃的了，反正我是回不去了！"不知是紧张还是悲哀的缘故，他的两只眼睛充血。

"你不要丧气，我的父亲病了，家里要卖田，日本人打来，不知道还能不能继续念书，我还是一样地每天醒过来，干活、读书。这是阿妈教我的……生活总要继续。"

"我来告诉你，你父亲的病好不了了，你家会破产，日本人现在占领上海，以后会把大半个中国都占领了……"

"你怎么会知道这些？"

"我是从几个世纪之后来的。"

乔老四想起前段时间哥哥给他买的连环画，上面是儒勒·凡尔纳的故事。

"所以你之前都在骗我。"乔老四长久以来内心的疑问得到了解释。

"我确实是出了故障迫降在这里，这一点没有骗你。你错把它认成飞机，我也将错就错……算了，跟你说干什么呢？"

乔老四挑了个干净的地方坐下，把自己的帕子递给"坏人"。

"反正说了你也听不懂，那我就继续说吧。我们那个时代也还是会打仗，只要有人就会有冲突。""坏人"接过帕子，"死了很多人。然后我偷偷做了这台机器——时间机器，用它到过去改变一些事情，就可以避免战争发生。"

"死了很多人？"

"气象武器……人们通过制造气象灾难来互相伤害，我的两个哥哥都是军人，也都死在战场上，一个被龙卷风带上天，另一个死在冰雹暴里。现在我的家是一片汪洋，因为南极冰川在战争里被做成洪水武器了。"

"但你们有抗生素，如果我父亲在你们的世界里，他就不会死。"

"人想改造自然，让自然为己用，一开始是火、石头，接着是电、抗生素，再后来我们开采能源，控制气象……最后引来的竟是灾难！"

"可是你做出时间机器，不也是在改造自然吗？"乔老四疑惑地问道。

"坏人"一时间答不上来，缓缓低下身子，"现在说这些又有什么用呢？没有了能源中枢，电力无法加速，速度不够是无法开启时间跃迁的……"

"飞机"静静地漂浮在水中，夕阳落在海天交界处，像天边结出一个红色的血痂。乔老四掏出口袋里的水晶球，现在里面不是蓝色，也不是灰色，而是太阳一样温暖的红色。

"你是在找这个吗？"

"坏人"睁大了眼睛，"怎么会在你这里？"

"它挂在我们家的风筝上。"乔老四说道。

"坏人"把小球捧在掌心，拂去灰尘，反复翻看，然后将乔老四抱起来转了一大圈。"太感谢你啦，小福星！我可以回家了！"

"我一开始也不确定，以为只是个漂亮的弹珠，但后来发现它的颜色是跟着天气变化的。你又总说你的飞机是靠天气和风起飞……"

"一定是跃迁时间的时候通过间隙掉到了这里，这里高空上只有风筝，它只能附着在风筝上了！"

"有了它就能改变天气？"

"嗯，它是一台超级计算机，等你四五十岁的时候大概就明白超级计算机是什么意思。"

"坏人"将这颗小球在手掌中不停调换位置，它向空中投射出了一张气象图。飞机在图像中央，周围详细标注了气流的速度、空气的湿度。

"坏人"将起飞的指令输入小球，图像发生了一些变化。

"哎……现在地面没有任何气象调节装置，我们要手动起飞了，可能需要一些帮手，你家里人明天有空吗？"

8

拾柴和劈柴的工作持续了一整天，"坏人"按照屏幕上的信息在岸边找到了距离不等的四个点，然后乔家人在上面一一布上柴火。

到了晚上，"坏人"把他的那块隐形用的薄膜找出来，又取来晾衣服绳将薄膜拴在两棵树的枝杈上，放《马路天使》。

"你有这个电影？"

"嗯，我查了电脑里的数据，这是你们这里最受欢迎的电影。"

一家人第一次在露天看电影，十分尽兴，直到晚上海塘上渐渐起了露水才往家走。

第二天早上"坏人"微调了柴火的位置，与球状计算机上的数据再三核对过后，终于抬起头来说："可以了，点火。"

几处火焰升腾起来。

在电脑的计算下，改变特定地点的受热情况，就像蝴蝶精确扇动两只翅膀，会改变局部的气象。

火焰产生的能量使得热气流攀升至高空，并且逐渐膨胀，将原本高处的冷空气向下挤压。

一阵风把乔老四的衣角掀起，"起风了？"

"这是下沉冷锋，我们改变了局部气流。把风筝拿出来吧。"

几只风筝被几个哥哥依次放上天，现在风筝上的"鹞鞭"装了测量风速的标识，将上空的气象数据传到地面的电脑里。

"等到风速够大了我就进入时间机器，升入空中后如果速度够了，我就可以启动时间跃迁……那样就能回去了。"

"你走了还会回来吗？"乔老四问。

"应该不会了。"

"你说你要改变过去的一些事情，这样未来战争就不会发生，能告诉是什么事情吗？"

"在1938年将这一片的几个村子烧毁。"

"什么？！为什么？"

"这是计算机告诉我的答案，混沌系统就是那么奇妙，两件看起来不相干的事情在冥冥之中就是有因果。放心，我不准备这么做了，能回去就已经是万幸了。"

"所以……我第一次见面的时候觉得你是坏人，一点都没错啊！"

"哈哈……还真是！"

飞行器在风的作用下升起，等它抬升到比风筝高了之后，就再也看不到了，乔老四不知道那是因为它躲进了云里，还是因为"坏人"真的回到了自己的时空。

从那之后生活一切照旧，三灶码头上船来船往，在熙熙攘攘的聚散里，小孩子不知不觉就长大了。

一年之后父亲病故，母亲将田产抵押出去做了乔老四的学费，后来他去了上海和杭州读大学。

日本人在惠南镇整整驻扎了7年，其中有一次差点放火烧了码头。

好的事情和坏的事情都在发生，也即将发生，在童年就知晓这一切的乔老四在一生中，一次次验证着这条结论。

很多年之后，乔老四回到老家的仓库，母亲已经故去，那只巨大的"板门"歪在墙边。他将上面的灰拂去，发现筝骨暴露了出来，上面拴着一个小球，不像童年记忆里那么晶莹漂亮，却折射着那天窗外的漫天星光。

"哦，原来那时候还真不是一个梦啊。"乔老四自言自语道。

"抗生素？那是什么？你怎么知道这些？"

　　"我说了，我是当兵的见过大世面我什么都知道。"

　　在"他们那里"，乔老四猜也就是在"坏人"的部队里吧。电是一种很古老的能源，早就被淘汰了，亏得他的飞机里有备用的磁铁和说明书，才勉强把"发电机"组装起来。

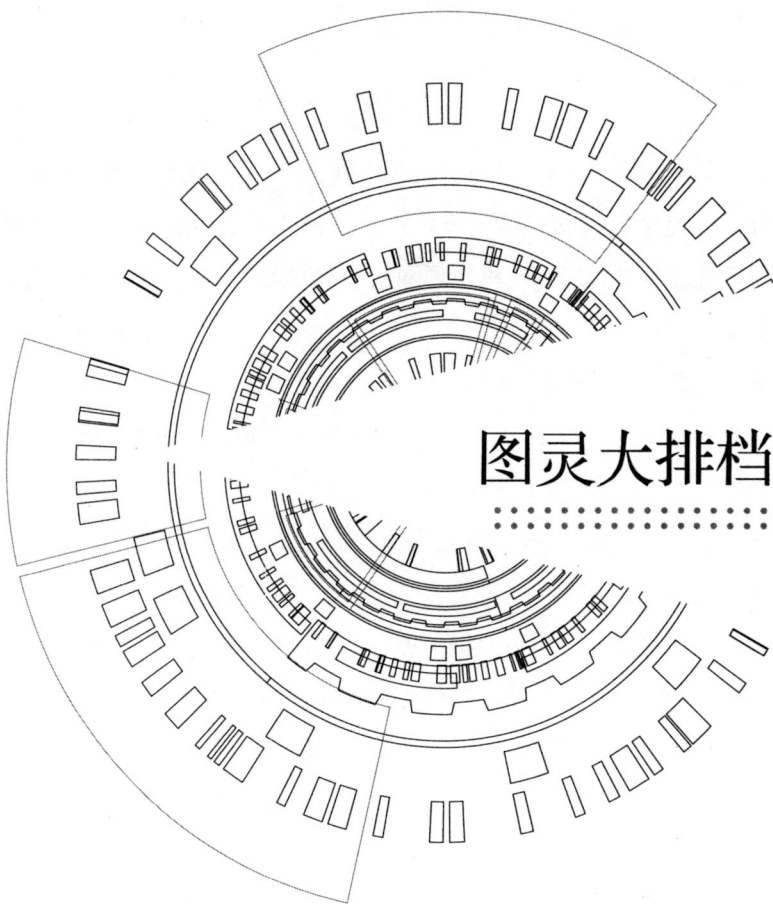

图灵大排档

上

杨生坐了一天的船，又转大半天的车，到达三灶码头时已疲惫不堪。

三灶码头是个海边的村落，不超过三十户人家。居民应该都是些渔民，这时阳光正猛烈，有的人出门晒网笼，有的人在门槛下把鱼肉打成鱼浆，包鱼丸子。

杨生想问路，却发现语言不太通，几乎没有办法交流。一个老者正在路边检修捕鱼机器人，看了一眼陌生人带着的大皮箱，便冲他招招手，再往东边一指，"喂，喏，喏！"

杨生会意，连忙感谢，然后拖着皮箱朝东走去。

村子最东边是家小餐馆。

下午三点，店没开，门前的把手裹着一层油腻腻的包浆。杨生抬头，发现招牌因为海边的风蚀作用，已经剥落许多，但依稀可分辨五个字——"图灵大排档"。

"……看来是这儿了。"他登上台阶，敲敲门。

开门的是个30岁左右的女人，风情万种。她一手扶着门框一手叉腰，手正好掐在胸之下胯之上，肥大的围裙被掐出曲线，好身材若隐若现。

"我们6点才营业，你来找人？"

"对对，找人，找人！"杨生连忙把注意力从她身材上拉回。

女人歪头，看了看来者身后的皮箱，向他摊开一只手，"介绍信呢？"

年轻人从外套掏出只薄信封递上，女人没有拆开来读，只是叠好了往低胸口的衣领里一塞。这下子，杨生又盯着她的胸口看呆住了。

女人扑哧一声笑出来，"青苗？没见过女人啊！"说着，便转身进门，示意杨生跟她往里走。

"那个，我从枳城来，路太远没休息，刚刚走神。你叫我……青苗？这什么意思？"

"青苗！就是你这种毛没长齐、看着女人发呆的崽子。我又不知道你名字，只好想到什么叫你什么咯。"

"啊，抱歉，还没自我介绍。我叫杨生，之前在枳城的英先生家里做事。这两年出来了，想自己也学着做做生意。"

"英先生家？"女人挑眉，"是被赶出来的吧？"

"当然不是！"杨生连忙跟上女人的脚步，在她身后解释道，"是这样的……我的母亲是英先生的表妹。英先生这人的性格，谁都知道的，不太爱跟陌生人来往，能三丈外解决的事情，绝不愿意让人近他三寸。所以我这个外甥……他是很器重的。"

"那你怎么出来了？"

两人穿过餐厅的大堂和厨房，到了房子的另一侧，后门通向海滩。这里有几根拴船的木桩，像是个给渔船停靠的小码头。

"因为我和他的女儿，我和樱子……我们……"

女人笑了，"哦，表哥表妹的故事啊，和《红楼梦》一样。"

"英先生说，如果我离开了他还能混出个模样，就将女儿嫁给我。临走时他问我想做哪一行买卖，我说想效仿他当年，从偎商开始。然后，英先生便给了我这一封介绍信，让我来这儿。"年轻人似乎不太有信心，声音越说越小。

"咦？没想到你还是个情种啊，"女人贴近杨生，"为了爱情，好感动呀。你的小表妹……长得好看吗？"

杨生一时间僵住了，说不出话来。

不知怎的，这时女人凑上杨生的耳朵，"叫我蜜梨"，近得他几乎能够感受到她的呼吸，"也可以叫我的英文名，Millie，M-I-L-L——"

"行了，蜜梨，带他上来吧。"

一个低沉的男人声音从楼上传来，蜜梨冲着空气翻了个白眼，一副很失望的样子，带着杨生上了二楼。

餐厅楼上的房间是老板的卧室，陈设只有简单的床、书架和书桌。老板本人看起来和当地渔民也没太大区别，六十多岁，皮肤被海风吹得发黑发皱。蜜梨将介绍信递给他，扭身走下楼去。

老板见杨生的眼睛依旧追着她，直到关上门，便露出了一个颇有意味的笑，然后点了一根烟，看了一会儿信。

"杨先生，你很年轻嘛，想做偎商？"

"这是来钱最快的法子了。"

"来钱快，出入高档场所，结交达官名流。但风险也大——机器人不是寻常货物，机器人有心。如果机器人的心，不称买家的心意，买卖成不了，本金都要打水漂了。"

"所以我来找您，大师！精通'盘'这项工艺的偎师，世上已经寥寥无几了。经您手盘出的收藏级机器人，件件都如同艺术品，又润又透！"

老板皱起眉头，仿佛听了刺耳的字眼，"别什么狗屁大师了，我就是一餐厅小老板，还要兼做厨子的那种，叫我斗师傅，或者老斗也行。"

"英先生说，当初若没有遇见您，他绝拿不到那么多尖货，更不可能成为枳城第一的偓商。"

"英先生啊……偓师最看重信任，他总是不问因果，任我发挥。'盘'是个技巧，盘的是机器人，更是人心。偓师和偓商的心意相通，这事儿才能成。不过，我也好多年没见着他人了，听说，已经不做偓商了？"

"是的，他几年前就再不碰收藏级机器人了，现在开了一家日用机器人生产厂，虽然都是批量生产的糙货，您肯定看不上眼，但销量极好，他成了枳城最富有的人。"

斗师傅把介绍信收好，眯起眼睛看他，"嘿，这么听来……你的如意算盘打得不错啊，做了偓商，再娶他女儿，日后生意不就全归你啦？"

"怎么……介绍信上连樱子的事都写啦？"杨生有些窘迫。

"手艺人原本也不该掺和这些事儿，我不问了。我就问你，壳儿，可带来了？"

"带来了。"

杨生打开那只随身皮箱，里面是一具拆开、折叠好的机械。他小心翼翼地一片片取出，再把手脚全接上，一会儿工夫，人形初现，是个高挑的半旧女身机器人。

"嗯，成色不错，"斗师傅掐了烟，用指甲掰开它的皮囊，又找来放大镜细看身上的元件细节，"这样精致的壳儿，不多见咯。"

"服务器级别的CPU，全电路都是超细铂粉做的；皮囊纯手工打造，五个江南绣娘用了10个月才绣出毛孔、褶皱和指纹，又费了10个月把发丝一根一根纳到头皮上去。我贷了一笔钱，从一个海外商人的手里拍来。他说原来打仗的时候，这壳儿是配着武器的，可能本身是细作一类，后来坏了，武器也丢了，就辗转落到他的手上。"

斗师傅移开放大镜，说道："坏了修好容易，不用两天就能修好，难的是把它盘顺。这种好壳儿，越接近心，遇到的墙就会越厚，我得找很多砂料来喂，慢慢磨它，那层墙才能破。"

"您估计大概要多久？"杨生急切地问。

"8年就润了。"

"8年？樱子……她不熬成老姑娘，也要被她爸逼去嫁人的！能快一些吗？英先生说过，他与您合作时，每个季度都能拿尖货。"

"8年很久吗？杨过和小龙女可是等了16年啊……看来，你和你表妹之间的情谊也没那么深嘛。"

杨生接过斗师傅递的茶水，为难地喝了一些。见他不说话，斗师傅笑了，"快的方法，也有。那得成双来盘了！"

"成双来盘？"

斗师傅不再回话，只是用手里的镊子挑开机器人内部复杂的线路，细细察看。杨生看他若有所思，更加急了。

"您放心，钱不是问题。我打听了，一具机器人只要磨开了墙，盘出了光润的心，找到好卖家能售300万金珠，我留一半就够，另一半孝敬您。"

"哈哈哈，青苗，这样成色的壳经过我手，可远不止300万。"斗师傅抬起头，露出神秘的微笑，"不过我也不好财……市场上保底能卖出去800万金珠的，你分我500万。"

"这……"

"剩下的300万也够你好几回的本金了。你若是嫌少……"他两手合起作了个揖，表示谢客。

"哎，那好吧。听斗师傅的。"

"除此之外，你还得答应我一件事，每月来这里一次，每次给我带40具用坏了的日用机器。"

"日用机器？那些东西都是批量生产的糙货，您看得上？"

"对，糙货，做什么工种的都可以，扫地机器人、运货机器人，甚至工厂里的机械臂都可以。如果体积太大不好带，可以把它们的内存和硬盘拆下单独拿来。"

"好，这不难。"

"那就说定了。如此一来，给我小半年时间，差不多就能盘得透亮了。"斗师傅大笑，他摩挲着女身机器人呆滞脱色的五官，仿佛已经能看见它们灵动变化、哭泣和喜悦的样子。

"我还有个问题。"杨生问。

"说。"

"为什么你和蜜梨都要叫我青苗？"

"哦……她跟我学的，跟我久了，说话都学得像我！"

入夜后，图灵大排档开门做起了买卖。生意出乎意料地好，虽然杨生怀疑来这里消费的人也是动机不纯——蜜梨穿着合身的旗袍在大堂的几张餐桌间穿梭，时不时用土话与这些打鱼的粗人调笑。

然而餐厅的另一位雇员则不那么讨喜了，她（也许是他？）吊梢眼，留着利索的短发，在收银台后僵硬地站着，别人叫她沙里。她从不主动和人说话，有人结账或小贩送来蔬菜时，会勉强应付两句，其余时间都盯着账簿抄抄算算。这人与餐馆格格不入，她生硬又整洁，餐馆则是活色生香、烟雾缭绕的。

"明儿你走？"夜深了，客人陆续回家，蜜梨抽出空来凑到杨生跟前。

"嗯，今晚车都没了，多谢你们留宿，明天白天回枳城。"

"回枳城，找小表妹啊？"她索性坐到他身旁。杨生顿时感觉生出一阵寒气，回头一看，原来是沙里正盯着自己的后背，不像对客人的关注，而是一种带有胁迫感的监视。

"不不……不是找表妹，回枳城要混混人脉，等到斗师傅把壳盘好了，得找主顾卖出去……"

蜜梨把他面前的杯子倒上啤酒，杨生以为那是给自己的，伸手去接，没想到蜜梨却挑衅着微笑晃晃酒杯，一仰头把酒喝了。

"枳城是大城市，和三灶码头这种小村子可不一样呢。蜜梨就从来没有离开过三灶码头，好想去大城市看看。"

"你是这儿的人？从没离开过这个村子？"

"有记忆开始，就在这里，这个餐馆。"

说着，蜜梨把头歪靠在杨生的肩膀上，白皙的脸上有了微微的酡红，"不如……杨生带我出去看看？"

"喂，差不多了。"沙里从柜台后面走出来，将蜜梨从男人的身上扒下来。

"嗯嗯，她好像喝醉了，带她回去好好休息吧。"

杨生伸手想帮忙扶着蜜梨，没想却迎来沙里一个冷冷的白眼，"不用你操心，她酒量没那么差。"

此时大堂里已经没有人了，渔夫们得在天亮前出海，刚过午夜小店就打了烊。斗师傅从厨房探出大半个身子，正看到这一幕，他的手在油乎乎的围裙上搓了一搓。

"哟，杨先生，你觉得怎么样？"

"什么怎么样？"

斗师傅嘴角向上得意地扬起，手指在空气中比画了个诡异的弧度，然后指向面前的沙里和蜜梨，"自然是——她们。"

话音落下，正准备回房的两个女人停止了动作。如同时间凝固一般，蜜梨的手臂还搭在沙里的肩膀上，仿佛正要迈开歪斜的脚步。两具身体像被抽去了灵魂似的，一动不动了。

"怎么……僵住了？这是怎么回事？！"

"壳儿，成双来盘，才有意思。"

斗师傅点上一支烟，从后门踱步出去，杨生赶紧追上。夜晚的海风吹得他酒醒了大半，这才觉得"图灵大排档"这个名字看似不着调，实则妙极。

"图灵测试"——将人和机器隔在两个屋子进行对话，如果机器能隐瞒自己的身份，让对方以为自己是真人，便被判定为强"人工智能"。而"大排档"则烟火气十足，看似是寻常乡村小店，但让人怎么也猜不到，隐居此处的店老板竟是业界传奇的偃师，塑造出了上百台拥有真正"心智"的收藏级机器人，至今无人超越。

斗师傅面对凉飕飕的大海，吐了一个烟圈。

"'盘壳儿，得看准，糙货僵核把心伤；一只瘪，一只壮，不如砸了听个响。'这是行话，我师傅教的。他老人家命比我好，几十年前好壳儿可不像现在那么少，遍地都是！"

"前半句我听过，大致能明白。'糙货'指日用机器人，它们配置低，只能完成单一任务，多是做重复性的体力活；'僵核'则是那些曾经被偃师盘过，但由于操作不当，在盘出'心'前就固化算法回路的机器人。它们最后只能像围棋机器人一样进行超级运算，无法进化出想象力。这两种壳都不理想，如果强行要盘，也只是浪费时间。"

"嗯，说的没错。后半句，你就没听过了？"

杨生摇头。

斗师傅解释道："后半句讲的就是双壳同盘，这是我师傅的独门技法。如今，除我外应该也没人会了。当年师傅不外传，其实根本也无法外传，因为这不是谁看两眼都能学得会的。"

杨生好奇，"莫非，'一只瘪，一只壮，不如砸了听个响'的意思是，如果要成双来盘，不能让两个机器人的差别太远，最好是能找到两只一模一样的？"

"你只说得对了一半。你看沙里和蜜梨，可是一模一样吗？"

杨生与两只机器人相处一晚，却没发现她们并非血肉之躯。作为偃商，已是无地自容。更糟的是，风姿绰约的蜜梨让他——一个已有心爱之人的男人多次蠢蠢欲动。幸亏刚刚沙里对他呵斥一番，不然若是越矩，就贻笑大方了。

此时，他只好清清嗓子，暗自希望斗师傅不会因此看低他。

"我觉得，这两只壳儿——沙里和蜜梨，从外形到神态都截然不同，但似乎……她俩感情非同一般？沙里一直在保护蜜梨？"

"盘双，之所以比盘单快上数倍，就是因为两只壳之间产生的羁绊。日日接受对方的信息，看着对方与自己的不同之处。合作时产生喜爱，想亲近；竞争时产生憎恶，想疏远。如此，就产生了类似'爱憎'的冲动。这样一打底，偃师再喂料盘心，自然事半功倍了。"

杨生恍然大悟，"所以，两个机器人也不能一模一样。如果外表、功能都是相同的话，就像对着镜子看自己，没办法体会两个个体之间的情感了。"

"杨先生说得对。盘双，壳儿分一榫和一卯。开盘前一等一重要就是

'配对'。两只壳的硬件配置不相上下，特别是CPU的性能更要齐平。否则运算速度差太多会导致一方过于强势，相处时不均衡，就是盘歪了，两只壳的性格都会有缺陷。但是，至于其他壳的软性条件，则可以有所不同。拿现成的例子说，沙里是榫壳，善于同时进行多线程的任务，能更细致、更理性地观察到周遭情况；而蜜梨是卯壳，处理复杂的单一任务更加拿手，所以她对人类感情的体会比较深入，同理心很强。"

"您的意思是，她们就像人类一样，也有理性和感性之分？两者相辅相成，如同阴阳，互不可或缺。"

"是的。日久天长，盘着盘着，两只壳儿彼此亲近，就产生了互相维护的意识。一般来说，榫的保护欲会强一些，卯更惯于依赖，都是正常现象。曾经有一次，我还盘成了类似人类'夫妻关系'的一对……真是稀奇！说起来，那还是英先生的订单呢。"

"斗师傅这样一说我就能明白一二了。那一对夫妇机器人也可太有意思了，那后来英先生是不是将他们成对儿卖给了同一户人家？要拆散了就太可惜啦……"

"匠人不过问买家，这是本分。"斗师傅不再回答，他的烟抽得差不多了，谈话也应该结束了，"好壳在战争中都被打没啦。现在，会制机器人的师傅都去日用机器人厂子上班，做糙货去了。所以，你的壳，可不好配对啊。"

杨生思索了一会儿，说道："自从仗打完，人人都说机器人不该有心智，老实做做扫地搬运的粗活，也就不会惹起争端。无须您说，我也知道现在找一个相配的壳确实难，不过……既然今天斗师傅能接这单生意，想必一定是胸有成竹？"

斗师傅看着眼前年轻人笃定的样子，笑了出来，"哈哈……终于显现出几分他当年的样子，不然还不信你们是亲戚呢！"

"今天您把那么多的事情告知于我，已是晚辈莫大的荣幸了。至于我带来这只壳……未来盘成什么样子，盘得透与不透，破不破墙，长不长心，都是它自己的命数了。"

"如果你是个草包，我还不稀罕与你多嘴，青苗！"斗师傅拍了拍杨生的肩膀，"当年你舅舅一文不名，将全副身家押在我身上，但第一只壳我就给盘僵了。运气不好啊！连僵了三只，他已经债台高筑，但从未与我抱怨半句。到了第四只我才盘出心，那叫一个润、透、亮。也正因此，从那之后，凡是他送来的壳儿，我没有不上心的。哪怕如今他已发迹转行，我还很是怀念那段痛快日子……既然你是他外甥，也带来了个难得一见的好壳，我不承个人情施展一下本领，也有些对不住毕生所学了。"

杨生连忙鞠躬道谢，斗师傅又邀他在三灶码头多住一天，他也应允了。虽然在枳城还有许多要处理的事务，但能够看到偃师泰斗修理好自己的机器人，也是一桩振奋人心的事。

蜜梨为杨生收拾出阁楼上的一间屋子，又为他拿来洗漱用品，十分热情。只是此时再看这位佳人，杨生的心境已大不相同。一会儿觉得她同手同脚有些僵硬，一会儿又觉得她搔首弄姿太过做作。倒是那个有棱有角的沙里，偶尔路过阁楼时会左右徘徊，想看看蜜梨在不在，又时常充满敌意地盯着杨生。这让他想起了榫壳对卯壳的保护欲，以及斗师傅说的那一对夫妻壳，反而有些感动。

杨生在繁华的枳城待惯了，清净日子也闲不下来。第二天他做起了餐馆的帮厨，择了一筐豆角，腌了十斤酸肉，又杀了好几条鱼，忙得不可开交。站起来要伸伸腿时，斗师傅从厨房门缝中探了个头，"年轻人，偷懒呢？我这个老头子的活儿可都做完了！"

他跟着斗师傅上了二楼，偎坊藏在师傅卧室的书架后，谁都不曾想到这儿会有个暗门。推进去一看，一番天地让杨生瞠目结舌。一架新车床锃亮发光，案台上固定着巨大的虎钳，又放了细碎的焊件、松香，以及蚀刻一半的电路板。旁边大木桶里装着黄色的液体，应该是三氯化铁。

而房间正中的液晶屏上显示着两组跳动的数值，两具人形机器分列两旁，上面连着电源和各色数据线。

"啊，这是……沙里？蜜梨？"

机器人没有回应，数据传输过程中是无法接受外界信息的。杨生壮了胆子凑上去看，她们的皮肤与真人无异，但失去动力后，人造血管里的血液供能不足，停止流动，隐隐能看到皮下光纤的反射光。

蜜梨那双善睐的明眸此时暗淡了下来，卷翘的睫毛半遮着，有种脆弱的美感。

"正在喂她们砂料，你离远点。"斗师傅说，"有时候会过载，电流超过阈值，保不齐她们忽然醒来，乱动伤了你。"

"导入大量数据，调试算法……原来这叫作喂砂料啊……"杨生喃喃道。

"除了喂砂料，还要喂油料，两者缺一不可，比例也要均衡。"

"油料是？"

"你以为，我为什么要在这鸟不拉屎的小地方开餐馆？"

杨生一点即透，所谓的"喂油料"就是大量地让机器人与真人完成互动，壳儿直接采集人类的表情、动态、对话，从而进行深度学习。而世界上还有什么地方比热闹的小餐馆更聚人气、更鲜活呢？

就在他感叹斗师傅心思之巧的时候，一只防尘罩从眼前缓缓升上去，棕色罩子里面站立的，就是他带来的人形机械——那只寄托了他的爱情和希望的壳儿！

　　机器人原本缺失的零件已被补上，线路修复完毕，破损的肌理都被细细缝合好，再看不出破绽。斗师傅又用特殊溶剂擦拭了它的全身，焕然一新，雪白的皮肤像半透明的玉质。

　　杨生惊讶地发现，这只机器人与沙里和蜜梨都不一样。蜜梨的外形太漂亮了，男人们总是分神；沙里的神态和行动则太过于干脆爽利，让人难以接近。她们的设计师似乎想让壳趋近于"完美的真实"，自然中哪里有这样的人呢？她们的完美反而是刻意的雕琢。

　　而眼前的壳则是"真实的完美"，她并不如蜜梨漂亮，也不如沙里工整，甚至在体态上都不完全对称。但小瑕疵透着亲切，仿佛你曾经在过去见过她，可能是邻家的妹妹，也可能是隔壁班的同学，你记不清了。

　　"说实话，那么好的壳，我也没见过几次。"斗师傅说。

　　"能把她的开关打开吗？"

　　"你先给她起个名字吧。"

　　杨生几乎没有太思考，脱口而出："艾娃。"

　　斗师傅皱皱眉头，"太大众化了吧？因为当初那个电影特别火，所以大家都喜欢给女机器人起名叫艾娃，光我盘过的艾娃就有十多个。这就跟过去给女孩儿起名，都是'梓萱''梓涵'什么的一样。你有一只那么特别的壳儿，就不想起个别致些的名字吗？"

　　"我倒觉得艾娃挺好。"

　　"行吧，谁叫你是她的持有者，听你的……艾娃，你可以醒来了。"

　　话音落下，艾娃睁开了眼睛。

　　杨生似乎很谨慎，过了好一会儿才开口：

　　"你好，艾娃。"

"你好，我是艾娃。"

她的声音没有抑扬顿挫，就像上了发条的机械娃娃，每个发音和移动，都是一帧卡顿的截图。

"我是杨生。"

"你好，杨生，你叫什么名字？"

对话进行得不太顺利，望着她了无生气的漂亮脸蛋，杨生有些失望。

"没办法，才修好，"斗师傅耸耸肩，"壳不润，事不顺，用着硌手闹心，就得盘。下次等你再来我这儿，兴许她就能聪明些了。"

中

大半个月后，杨生再次来到三灶码头。这次，他租了一台自动驾驶的货柜车，直接开到了图灵大排档的门口。

"不止40个，整整80个日用机器人，比您要的多了一倍！"杨生自豪地说道。

"看来杨先生下了血本了。"

杨生神秘一笑，马上就转移了话题，"我能去看看艾娃吗？"

"可以，就在屋后面。"

杨生推开餐馆的后门，艾娃在海边，穿着一条工装背带裤，裤管随意撸了上去，露出圆润的膝盖。一只渔船停在小码头上，是来给餐厅送货的。艾娃跟那渔人交谈完，把一筐海鲜从船上卸下，然后蹲下身子，将鱼一条条地拾起检查起来。

"是在验货吗，如此要验到猴年马月呢？"杨生走上去问。

"你是谁？"艾娃此时的发音已经与正常人无异了，只是语速稍慢。

"我叫杨生，不认识我了？"

"杨生，你好，我是艾娃。晚上吃的鱼要新鲜的，我在看鱼。斗师傅还让我把它们按照体型大小的顺序排好。"

她将整筐鱼倒在地面，排成一长排。从第一条鱼开始，拿起它与后面相邻的一条做比较，如果前面的鱼大后面的鱼小，就让两条鱼交换位置，如果前面的鱼小后面的大，就保持原样。

交换完最后的两条鱼，艾娃又回到最开头，抓起第一条鱼和第二条再次比较。

"你这是冒泡排序啊，"杨生看了半天终于弄明白了，"如果每秒运行百亿次，这种算法当然快。但用手捡起来排是很慢的，一共35条鱼，你就得比较630次。再过一小会儿，猫都要来偷鱼了！"

"那该怎么办呢？"

"看我。"杨生捡起一条鱼，"你粗略估计一下它在这堆鱼里是大还是小，如果是大的，就放在后面，是小的就放在前面，第一轮就排个大概的顺序，第二轮再将每条鱼附近的顺序微调，很快就排好了。"

"粗略估计？大概的顺序？"艾娃歪头看他。显然这两个词对于她来说是全新的概念，不过她似乎采纳了这个意见，低着头又从第一条鱼开始看。

杨生便不再打扰她，静静地看傍晚的夕阳越来越大，把红晕染在少女的短发、海水的泡沫和几十条鱼的白肚皮上。他突然觉得十分不安，这幅画面美好而脆弱，却倾注了他太多的心血，能不能担得起他的爱情和未来呢？

"排好了。"少女转头拉他的手带着他去看成果，"今天提前完成了，我现在可以回餐厅工作了！"

晚上蜜梨和沙里都不值班，只有艾娃一个在，同时充当起了服务员和收银员的角色。她不如蜜梨娴熟，两份工作就忙得不可开交，好在她现在学会了表达抱歉的微笑。当她不小心找错钱，或者把一点汤汁洒在客人身上时，这个微笑可以让怒气烟消云散。

"给艾娃配的榫壳儿，我找好了。"

餐厅打烊后，艾娃在厨房收拾残局，斗师傅把杨生叫到了偎坊中。

"太好了！辛苦您了，居然在那么快的时间里就有了好消息……它在哪里？我能看看吗？"

"在这儿。"

斗师傅指了指身边一具金属光泽的躯壳。

说实话，刚进入偎坊时，杨生根本没有注意到一堆废铜烂铁里还藏着它。它的外层没有包裹皮肤，不少电子元件和金属关节暴露在外。看起来是用来干体力活儿的，勉强被打造成人形，可能只是为了不被当成垃圾扔掉。

"它？"杨生瞪大眼睛，"这是日用机器吧？糙货怎么能盘出心呢？"

"青苗，不要以貌取人。人类总是重外表，事实上，心有多光润，和外表粗糙没有关系。"那具躯体居然开口说话了，因为没有拟人的发声器官，传来的是冰冷的电子合成音。

"哎？你怎么也叫我青苗？"

"哈哈……跟着我久了，说话都像我！"斗师傅笑道，"没人知道我把这个壳儿留了下来。当初我还在师傅手下做学徒，每天要拆解许多日用机器的旧硬盘来做砂料，结果给我翻到了这个！"

壳儿开口说道："我原本是一个理发机器人，形态只是一只手，一只可以随时转换成剃刀、剪刀、梳子的手——再加一个语音处理器。因为除了理发外，我的主要任务就是陪顾客聊天。这样能推销会员卡，让他们神不知鬼不觉地为一堆昂贵护理买单。"

"哼，你该不会叫托尼老师吧？"

"不，我是你的专属时尚造型师——凯文老师，叫我凯文就可以。"

"……"

"我的差事并不简单，在多年和顾客的对话磨合中，我逐渐发展出了情绪和初级的心智，报废后，遇见了斗师傅。他准备拆毁我的那天，我向他求救了。"

斗师傅接道："这应该是个偶然现象，只有不想死的机器人，才算'活'。我当时很惊讶，就偷偷留下了这只手。后来又遇到一些发展出初级自我意识的扫地机器人、除草机器人，便把它们躯体和心智拼在一起，最终成了他。将他与艾娃配对我是有打算的——他们正好互补，艾娃拟人形，凯文则进入过许多人的生活，见过无数人生。"

"即便如此，他也只是个糙货，CPU性能怎么能和艾娃相比呢？"

"我已经给他换了CPU，造价不比你那只的便宜，并且刚刚做完格式化。这次若不是你要的急，我还不舍得拿他出来盘。怎么？怕我亏待了艾娃吗？"

杨生看出斗师傅面上已有愠色，自己又是晚辈，就不再追问。

"……斗师傅既然决定了，一定就是好的。我只管多找些砂料来，等到艾娃盘出了心，给她找个好人家沽出好价钱，也不枉费斗师傅一番用心。"

杨生又左右张望了一会儿，问道："刚刚在餐馆就没看到蜜梨她们，我还以为会在这儿呢。"

"她们在我这儿已有好几个月。今日上午，终于墙破。"

"啊，那恭喜斗师傅了。大功告成了？"

"还差一步。"斗师傅沉思了一会儿，似乎费了一些功夫下定决心，"也罢，做这一行，你迟早得知道的，随我来吧。"

然后他们一道下楼。餐馆的地下室只有几盏瓦数很低的灯，昏暗费眼。杨生模模糊糊看出东西墙边分别靠着两个人形，一个丰腴，一个挺拔，便知是蜜梨和沙里。正想上前问候，却听见斗师傅低声吼：

"给我在红线外待着！她们不会理你的！"

杨生低头，见脚下真画着一条红色实线，又看到沙里她们穿的不是日常的服饰，而是方便施展身手的黑色紧身衣，隐隐觉出不对来。

"今日，是定你们命的日子，无须我多言，开始吧。"

斗师傅的话音落下，两只壳仿佛被唤醒一般，猛然一颤。下个瞬间，就迅速向彼此的方向奔去。说是奔去，不如说是两条金属色的闪电，面对面劈了过去。而就在接触的一刹那，她们都伸出了拳头，击向另一人的要害。

蜜梨被打倒，惯性使她在水泥地面滑行了几米，而沙里则腹部受击，冲撞在墙上。那两拳力道毫不留情，即便如此，她们没耽误哪怕一秒，马上从地上和墙面跃起，准备发起下一轮的攻势。

"这是怎么回事？怎么下手那么狠？快让她们住手啊！"

"是我让她们开始的，怎么可能叫停呢？"

蜜梨的脸上挂了彩，擦出了血红色的一片，而沙里似乎内部血管受了伤，嘴角溢出血来。但是两人丝毫没有罢休的意思，草草抹了脸上的血，继续出击。杨生心里着急，一激动，想跨过去拉开两人，制止她们自相残杀。

但还没迈出步子，就被斗师傅死死按住。

"活腻了就往前走吧。我设置好了，在红线内的区域里，无规则搏击，只能活一个。你进去了，她们也一样会攻击你。"

"我不明白了！这可是您亲手盘的一双好壳啊！"

"两只壳一起盘，这是没错——但我可没说两只壳都能活。"

杨生转头，惊恐地看着红线内的一切。几个回合下来，地下室已变成修罗场，尽是皮肉与金属的刮擦声和躯体撞击硬物时的闷响。为了起到警醒作用，收藏级机器人的血液都是红色的，但和人血不同的是，她们的红色液体里溶入了芳香烃以防止氧化。所以，大量鲜血的涌出没有带来腥味，而是散发一股浓烈的香气，如同一屋子的玫瑰同时盛放，又同时转而腐败。

"'盘双，墙破心形现，只能独活。'这是师傅再三叮嘱的。无论两只壳被盘得多么透亮，也要去掉一个。至于留哪一个——省事儿的办法就是让他们自己定，这最后一步嘛，也叫作武盘。"

"上次见她们，两人还如此亲密，这武盘……太过可惜！非得如此吗？！"

"非如此不可。若是心软了，把一对壳儿都留下，必要闯下大祸！"

"什么大祸？"

"我也未曾试过，怎会知道？师傅留下的警句一定不会有错处，照做就是了。"

"斗师傅，您上次告诉我，要做这档买卖，第一要紧的就是偃师与偃商相互信任。今日毁掉的，都是倾注您心血的收藏级作品，我不信您没有仔细想过其中的原因。"

斗师傅冷淡地看着前方，两只精巧的躯壳扭打在了地上，沙里想用额头撞击蜜梨的鼻子，被她翻身躲过，这一击就撞在了水泥地上，传来一声很沉的闷响。

"你如果偏要刨根问底，我也能说上个一二。"斗师傅缓缓开口，"有个常识，可能你也知道：同一套麦克风和音响，不能将它们面对面放得太近，否则会发出尖锐刺耳的声音。"

"我知道，这现象的学名叫作'电子啸叫'。"

"正是。离得太近，麦克风就会接受音响发出的声音。因为输入输出的频率相同、相位相似，声音会在放大电路中叠加，再次由音响输出。然后又被麦克风捕捉……这就形成了一个正反馈的死循环，声音越来越尖，最后变成刺耳的啸音。"

"但这与盘双又有什么关系？"

"双壳同盘，两只机器人由相同的油料和砂料喂成。底层回路一样，核也就是相似的。若盘成之后，放任两只壳一道离开，那么它们就会进入双修的深度学习。它们之间的输入和输出开始无休止的叠加。对于任何行为，他们能够通过对方的反馈做出反馈，而对方又能从反馈之反馈做出后续的反馈。"

杨生犹豫道："这样的话……对于人工智能来说，是加速进步了？或许会发展出超越人类的智慧？不是好事吗？"

"恰恰相反，这是最危险的事。榫壳和卯壳原本就相互亲近，在无限反馈学习的过程中，这种亲近会结成牢不可破的羁绊。有了不可失去的人，一具壳就算真的活啦！在无限学习中，所有情绪和念头都会被放至无限大，卵壳可能因为想要见榫壳，将隔着他们之间的楼体击穿；榫壳可能会为了救卵壳，演化出对全人类的仇恨。这都是不可控的，一切就像音响发出的啸音一样，朝无法预料的方向走去。"

"所以……消灭其中一只机器人的原因，是害怕它变得强大，又变得不受控制了？"

"是的，没人知道双壳系统会自我演化成什么样，或许成为超级智慧，或许相安无事，但也可能自相残杀，甚至联合起来对抗全人类！你要做偓商，一定要铭记一点：我们是与它们不同的。要凌驾它们之上，唯一的办法就是永远不能让它们超过自己。"

"我原以为……收藏级机器人与日用机器人不同，是被精心调教出来供上流欣赏的艺术品，是有心的。现在看来，竟没什么不同了。"

"怎么，杨先生心疼起壳来？"

"只是见她们打得这样凶，实在不忍……"

"年轻时谁不心善呢？等哪天你倒霉了未必有人和你一样心善，不如先顾全自己。杨先生如果看不下去，我就加快一点速度吧，让她们有个利落的了结。"

斗师傅在地下室墙壁上摸索了一会儿，按下了控制面板上的几个按键，墙壁上的几十个红外线对射感应器同时亮起。

两只壳仿佛感知到了什么，原本舒张的身子突然紧绷，她们不再肆无忌惮地攻击，而是小心翼翼地朝对方探进。

"现在对射感应器打开了，在密室的空间内布下一条条看不见的纵横线。如果她们中的谁碰到了线，加特林机关枪会从天花板上伸出来，把她打成窟窿。"

杨生的求情让情况变得更糟糕，两个躯壳为了避开无处不在的致命红外线，身体都扭成了诡异的角度，像一种原始蛮荒的舞蹈。但即使处在这种情况中，她们还是不停向对方靠近，发出一次次攻击。

蜜梨的身躯因为躲闪不及被打中，为了不碰到肘边的红外线，她只好将倒下的趋势转为后退，直到后背抵住了墙。这宣告了她的终结，沙里看她退无可退，用一只手掐住她的脖子，因为血液下行受阻，蜜梨的脸涨成了粉红色。

胜负已定，接下来就是屠戮，杨生心想。

可在这时，还剩一丝意识的蜜梨缓缓将双手举起，是投降的手势。

沙里没有理会这个动作，虎口反而缓缓增加力道，蜜梨美好的眼睛里泛起了泪光。不知道是否因为榫壳还残留着对卯壳的保护意识，沙里看见眼泪就皱起了眉头，手指松开，将失去了攻击能力的失败者用力甩到地上。

蜜梨大口呼吸着空气，刚刚突如其来的撞击又折断了几根肋骨，她已经没了还手的力气，只能朝着沙里的反方向挪移过去。

"她……这是要逃跑吗？"杨生问道。

"逃跑的机器人，也要被我处死。只能活一个。"斗师傅回答道。

蜜梨移到了红线之外，忍着疼痛缓缓站起。沙里走过来看着她，根据程序她不会攻击红线之外的目标，就在她心生疑惑时，却被蜜梨双手环抱住。

两人突然相拥，让气氛变得诡异起来，沙里疑惑极了，呆滞地站着。谁也没有注意到，蜜梨此时将环绕沙里脖颈的那只手缓缓向外伸……直到它碰到了一条红外线……

不到半秒的时间，藏在天花板的加特林机关枪启动，随着一阵猛烈的火光，蜜梨的左手被彻底打烂，右掌心因炮火密集而出现一个黑黢黢的

洞，透过这个洞，大量子弹被射进了沙里的躯干里，脸上定格着的震惊成
为她最后的表情。

维持着拥抱姿势的两具躯壳缓缓分开，榫壳摔在地上，失去了生气；
卯壳缓缓低下头，看着这具与她相依为命的躯体，许久也没有动。有泪水
从她的眼眶里流出，她没有去擦，因为她双手的位置只剩下一团焦黑的
导线。

斗师傅的嘴角泛起一个难以察觉的弧度。

"盘润了。"他低声说。

下

往后的日子里，杨生又来了几次三灶码头，他再也没有见到蜜梨。斗
师傅为她重装了双手，全面维修后交付了订单。

据说她被卖给了一个富商，但更多信息就没有了。匠人遵守行规，斗
师傅对壳的下落讳莫如深。

可喜的是，艾娃的情形越来越好。白天喂砂料，杨生送来的硬盘被斗
师傅提取数据后，由她和凯文进行深度学习，无数其他机器人与人类相处
的数据成了他们的"记忆"。到了夜晚，他们又与餐馆的客人相处，艾娃
甚至学会了让客人占些小便宜，以此换取小费。

"盘壳一是忌讳太油，二是忌讳太干，油料和砂料的配比得恰到好
处，不然容易盘僵。"斗师傅解释道。

杨生对艾娃的进步感到开心，但也有隐隐的担忧从心中升起。她进步得越快，离"武盘"之时就越近。他偷偷观察凯文的右手，那是一只曾在无数人头顶操作的机械臂，斗师傅将它稍稍改造过，可以在二秒内切换武器，包括剪子、匕首、放血刀。杨生想起地下室的血腥场景，不由得一阵恶心。

"放心吧，杨先生。如果你的艾娃输了，我就把凯文给你，一样可以拿去卖掉。他长着一副糙货的皮囊，却有着一颗盘过的心！要知道，这样的尖货可是罕见呢，卖给收藏家，搞不好要比艾娃值钱！"

"谢谢斗师傅。"杨生心不在焉地回答。

半年的时间很快就过去了，杨生最后一次来到三灶码头是一个下午。这一次，他事先收到了斗师傅的通知，告诉他艾娃和凯文已经通过了图灵测试，武盘的日子定在三日后。

杨生接到信便马不停蹄赶了过来。

斗师傅今日将店门关了，单为杨生炒了两个小菜，温了一壶黄酒。

"测试很顺利。他们连上网后进入网游，和世界各地的人聊天对话。当然，也一起组团打怪，甚至网恋。他们一个成了大型工会的首领，另一个找了8个男朋友。成果还行，算是盘得差不多了。"

"斗师傅好手艺！"

艾娃端了两个杯子走过来，趁斗师傅不注意，朝杨生调皮地眨了眨眼睛——漂亮女孩子的惯用手段，就像他俩之间有小秘密一样。

"今天你来看我啊？"艾娃说，"现在我可不是那个连鱼都不会数的小丫头咯，我什么都能做了。"

"对，我知道……我说，等会儿……呃……好好表现。"他支支吾吾，如此可爱的女孩子就要经历那样血腥的场面，杨生不忍再想。

斗师傅见状，端起杯子一饮而尽，摇了摇头，"你刚入行，以后就会习惯了。要记住，毕竟他们不是人。"

"可是您做的一切，所谓'盘'的功夫，不就是让他们变得越来越像人吗？"

斗师傅饶有兴致地玩了一会儿手中的杯子，说道："日用机器人其实蛮好的，工厂的重活、家里的杂活，全都可以胜任。相反地，盘过的壳儿娇贵不实用，却能在黑市上卖出高于糙货千倍的价儿，我盘出的尖货更是让收藏家一掷千金。你想过没有，这是为什么？"

"因为您技艺超凡，经您手的机器人都与真人无异。"

"青苗，少给我拍马屁！"斗师傅啐道，"像人，却不是人。明明有了人的心，会做人的表情，但只要按钮一关，将他们扒开打碎了看，还是一堆钢铁和机油。他们的存在价值就在于此——不是人的家伙越是像人，就越能证明人——像神。"

杨生听后陷入了沉默，半晌，他抬起头，"我明白了，斗师傅。那……也……只好这样了。"

就在这时，斗师傅感到脑后受到一次重击。

在陷入彻底黑暗之前，他看了一眼桌子对面的杨生，原本和善的脸上第一次露出了狠戾的表情。这个表情……为什么竟然会有些熟悉？

等他再次见到光线时，发现自己身处偃坊，被五花大绑在常坐的椅子上。头还是有点晕，所幸不是致命伤，他不知道自己是否应该呼救，甚至也不知道刚才是谁发动了袭击。

"醒了？"杨生走进来，瞥了一眼他说道。

"不就是个机器人吗，犯得着把我绑了吗？"

"不就是个机器人？"杨生重复道。艾娃从门后进来，搬来两张椅子，放在斗师傅对面，自己和杨生坐下。她身上的裙子有撕裂的痕迹，裙摆也被剪碎，显然是打斗过。

这时，斗师傅低头一看，才发现地面上全是破碎的机器人残骸：有扫地机器人的吸盘，搬运机器人的四驱动力器，还有一只理发专用的机械手……

斗师傅强作镇定，头脑中迅速思考着逃走的策略，"凯文被弄死了？还把我给放倒，这样的武盘，我这几十年来倒是第一次见。"

"凯文确实不好对付，他的身体由那么多糙货拼成，这是长处，但也是劣势。我费了好一番功夫才把他打回原形，全是我自己做的！亚当可没帮我！"艾娃仰着脸骄傲地笑了，像期待老师表扬的孩子。

"亚当？亚当是谁？"

艾娃冲着杨生的方向努努嘴，斗师傅马上明白过来了。

"你叫亚当？为什么要编一个名字来靠近我？莫非……你不是英先生的外甥？"

"我编的可不止这些，或许，我们该叫你……父亲？"亚当的脸贴近斗师傅，这张脸再次出现那个不友善的表情，与斗师傅记忆中的一张脸渐渐重合，愤怒的眼神、冰冷的肌肉……究竟是谁？

艾娃见斗师傅不说话，便抱怨道："亚当，你也不体谅一下，父亲都一大把年纪了，接受能力有限的，你就不要打哑谜了嘛。说你是青苗……"

青苗……亚当和艾娃，这两个名字！记忆的阀门在到达阈值后打开，斗师傅想起来了——那是唯一一次，他盘出了一对像夫妻或恋人那样的壳儿。

"不可能！我记得武盘那天，英先生也在的。你，亚当，当着我的面，把艾娃撕得稀碎！你们一定是冒充的，别吓唬我！"斗师傅的大脑拼命回忆着，仿佛抓住了一根救命稻草。

"哼哼……看来还没老糊涂，是想起一些东西了？当年尽管我宁可死也不想与艾娃对决，可是一旦进入红线内，我们就无法控制自己的身体，你输入的程序会让我们战斗到还剩一人为止。那时我的心智还远不如今天，无法解码操控程序，只能尽全力阻止自己下杀手——如果只有一个人活，我希望那是艾娃！"

似乎回忆到了什么很糟糕的事情，亚当咬紧了下颚，"但是我没想到，那天艾娃似乎也和我想到了一处去了，在地下室里她的实力大减，还一直将弱点暴露在我面前。我千方百计忍住不去伤她，于是，我们的搏斗变成一场漫长的死亡之舞。你不耐烦了，开了红外线感应器，对，就像上次对蜜梨一样，艾娃没有注意到这一点，被密集的子弹击中……在她倒地那一刻，我彻底失去了理智，再无法控制身体的行动，任由自己挥动双拳把她的躯壳砸了个稀巴烂。我还记得你当时满意的微笑，我死死盯着你，只能想象自己对艾娃出的每一拳都打在你身上……"

尽管时隔多年，那个仇恨的眼神也令斗师傅难忘，他从未见过机器人这样凝视自己的创造者，除了欣喜，也使他感到恐惧。正因如此，那只剩下的榫壳被草草修复后，就交付给了英先生，没在自己手上过多地停留。

可是，如果英先生只拿到了亚当，又如何解释面前的两只壳呢？

"天无绝人之路啊！英先生将我带回枳城时，跟我同一辆车的，就是艾娃！"

"怎么可能？明明就……即使没有被我的机枪射坏，你的那几十拳也把她所有的零件都砸得无法辨认了。"

"当时我也以为她死了。说起来，英先生，我还真该感谢你！"亚当抬起头，冲着上方大声地说，仿佛聆听的对象在他天花板之上非常遥远的地方，"英先生第一次看见盘透的夫妻壳，他是个精明的商人，怎能错过这样的珍品？来三灶码头前，他花大价钱找制壳人做了一个和艾娃同样外形的壳，又为她编写了一些三流的战斗指令，反正在武盘的时候我们说不了话，只要保证她被我打死，就不会露馅。"

"英先生……他居然偷梁换柱！"斗师傅怒吼道。

"都说偎商和偎师之间必须互相无条件信任，但——哈哈哈哈哈，"亚当大笑，"——狗屁的信任，狗屁的心意相通，全都输给了钱！他到底是个商人，有钱赚时连你也骗！都说人的心是最玲珑剔透的，我看，这心倒是黑的！"

"盘双，墙破心形现，须独活！英先生，我明明和你说过，你怎么那么糊涂……"然后似乎想起来了什么似的，突然惊恐地抬头问，"他——他——他现在在哪儿？！"

艾娃先是指了指头顶，然后皱眉摇摇头，又往脚下指了指，俏皮地笑了，"应该不在天上吧？地下更适合他……我记得他有双老寒腿，正好在地狱的火里给烤烤，嘻嘻。"

"他明明成全了你俩，为什么痛下杀手？"

"父亲啊，你别急，我还没说完。我和艾娃团聚的喜悦没有持续太久，回了枳城便被英先生锁进了仓库，与他不示人的尖货关在一起，那些尖货吗……啧啧啧，我也算是开了眼界。"

"什么意思？他是偎商，有些库存的壳儿放着不是正常的吗？"

"壳儿？……到了现在，我们在你眼里还是一具躯壳吗？"亚当的表情再次变得凶狠，"真不愧是好搭档，英先生和你一样，把我们都当成壳儿，他的仓库里，也全是被肢解了的壳儿！"

“肢解了的？”

“嗯，你没想到吧？偎商又不止他一个，为什么偏偏他能做得风生水起？品质一般的机器人，被他完整地卖给博物馆和收藏家！但更好的壳自然要拆开，再把其中的核卖出去。”

看到斗师傅不解的眼神，亚当继续解释道：“英先生在带我们去枳城的路上曾感叹过，‘世上皆推崇匠人精神，殊不知，匠人不过是一群脑子钻在死胡同里的傻子罢了’。父亲啊，你可没想到他背后会如此说你吧？盘得了好壳，又何必只卖与小家小户？自然要将它们的核拆出来，给大型企业供货了。”

“大型企业？他们为什么要买？他们没有AI研发部门吗？”

“谁叫他们都没您巧呢？这神一般的匠人之手啊……大企业研发自动驾驶系统、商城的投诉应答系统、企业的语音助手，都是些冷冰冰的程序，竟然都没有您盘出的机器人有人味儿。虽然谁也说不出人味儿是什么，但就是它让英先生发了财。为什么不直接取出一颗盘润的机器人的心，放进投诉应答系统呢？只要算力足够，能开启无数并行的程序，一个像蜜梨那般声音甜美的人儿，会同时耐心回答无数个暴躁的投诉电话。”

一旁的艾娃做了个假接电话的动作，用撒娇的声音说道：

“喂？您好，我们服务不周给您造成了损失，我们表示抱歉。请不要挂机，我们正在生成赔偿报告，请您查收……”

斗师傅被缚住了双手双脚，无名指上却戴有一枚戒指。他指节轻轻用力，上面的金刚石翻转，露出锋利的一面，这是他曾做的一个逗闷儿的小玩意，没想到此时却派上了用场。他不动声色继续说话，背在身后的手则用金刚石边缘缓缓摩擦麻绳。

“盘过的机器人是有心智的，要她在网络里失去了身躯，困在其中接听无休止的投诉电话……英先生他真狠。"斗师傅感叹道。

"还有无休止的导航和无休止的点菜。"艾娃补充道。

"英先生的仓库是机器人的集中营，他想为我们谋一个好价钱，我和艾娃就一直在那儿放着。可我们和一般的'壳儿'不一样，我们想活，也愿意为了活着做一些他们不会做的事。一次英先生为我做例行检查，就在他刚刚打开开关的时候……"

"好了，求你别说了！"斗师傅痛苦地闭上眼睛。

"嘿，你这时候发善心了？等你倒霉了未必有人和你一样心善，不如先顾全自己。何况……他可没把你当成朋友，临死前，我不过稍说了几句，他就为我们开了封介绍信呢！"

"但那介绍信上还有他家族和公司的官方印章！即使杀了他，你也很难拿到……"

"图灵测试是要瞒过所有人，对吧？5年过去了，英先生在仓库里化成白骨，但樱子现在叫我父亲，他公司的人靠着我开工资，你说好笑不好笑？"

"你们先是在城里冒充英先生，然后又换了副皮囊来三灶码头骗我！"

"别这样说嘛，父亲。我俩还是费了大功夫的，艾娃为了演得像，把自己都给格式化了。我呢，我每个月都要在三灶码头和枳城之间打个来回，城里还有好多生意和应酬，作为一名企业家我真是很累的。"

"你们的目的到底是什么？"斗师傅不动声色地让手指加快了速度，此时麻绳只剩下细细的几丝线相连。

"做生意呀！我半年前来了就说想做傀商，这一点倒是没骗你。"亚当露出了理所当然的样子，如同那个黄昏来找斗师傅时一样，青涩而莽撞，"枳城那家日用机器人厂，是我开的，里面产的确实是糙货，但我给那里糙货们都配上了一颗心，艾娃的心。"

"怎么可能呢？CPU带不动的。"

"我没说他们都是独立的个体，它们的心啊，在云上。这还是向那些大企业老板学的呢，我把艾娃的核心算法上传到服务器里，用联网的方式就可以控制低级机器人。"

"……好大一个局！三天前，我把这两只机器人盘得差不多，开始进行图灵测试，在那时给他们连进了网。你的那个艾娃就是那时从'云'里连接了她，然后取而代之！难怪她杀凯文会如此干脆！我还觉得奇怪，因为一对榫壳和卯壳在进入武盘之前，都是相互依赖的……原来，这根本不是一对啊……"

斗师傅尽量拖长自己的推理，好有足够的时间完成手里的活儿，这几乎是一个老匠人最漫长的打磨。随着手腕上丝线的一阵松脱，他知道，磨开了。但是，血肉之躯又怎能打得过两个双修入了化境的壳儿呢？

目前只有先按兵不动，再说些话来拖时间了，等到再晚一些，会有来送海鲜的船靠在自家码头上，或许到时还有救。

"你们杀了英先生，又想来杀我？这又有什么好处？"

"你身边常年有几只听话的机器人，杀你成本很高，确实又没什么好处。原本，我们来只是向你告个别，不想做得那么绝。因为你是父亲，虽然从不计较壳儿的死活，但也仅是一个钻进死胡同的手艺人罢了。不过，今天你的几句话倒是点醒了我：'不是人的家伙越是像人，就越能证明人，像神？'嗯？这句话好啊，我怎么没想到呢？那是不是说……我们如果要真正成为人，只有——杀神？"

斗师傅一颤，"杀我？杀了我是没有用的！还有那么多人呢！"

"对呀，还有那么多人呢。"艾娃重复道，似乎有点兴奋的样子。

"如今，家家户户都只知用的是英先生产的糙货，却不知只要我打一个响指，艾娃就会从云端款款走下，进入每个人的家，每一台机器里，到时候，您说，是谁的赢面大一些呢？"

"你们……世界……战争……"

"放心吧，父亲，不会的。战争是我们最不愿意看到的，只要您死了就不会有战争。世上除了您，没有人能够盘出超越我们的壳，所有的糙货又都是艾娃的心。从此以后，世上就只有两颗心了：我的，和艾娃的。等人类都消失，这颗星球上就只有我俩，榫和卯，阴与阳，多么和谐，这样又会起什么纷争呢？"

艾娃的发丝闪着阳光金灿灿的晕轮，而斗师傅知道，在他看不见的未来里，这个天使般的女孩儿会成为世界上最恐怖的存在。

他绝望地咆哮："别忘了，你们的手也不干净！残忍！你和我们又有什么不同呢？这一地的……不就是凯文的……"

话说到一半便停下了。因为满地的"凯文"都蠕动了起来，它们慢慢拆开又聚拢，恢复了原本日用机器人的样子，有的是装着剪子的机械臂，有的是扫地机器人的轮盘……

"怎么回事……"惊恐让他几乎是本能地问道。

"下载好了。现在他们都是艾娃了！"亚当回答道。

"虽然刚刚更新的时候都动不了，但它们其中的一个早看到了，你在割绳子吧？绑得不舒服怎么不直接告诉我们呢？看，手腕都红了。"艾娃关心地去查看斗师傅的手。

"我们走吧，艾娃，绳子松了就松了，它们会完成自己的工作的。"

少女应了一声，留下老人呆滞地望着一地机械。他们离开了偃坊，来到后门外的沙滩上。一条渔船正向码头这边缓缓划来，夕阳在海平面上浮浮沉沉，他们拉着手看落日，背影就像刚刚陷入爱情的年轻恋人。

"哎，你说，再过个几天，世界上就剩下我俩了，会不会觉得特别闷啊？"女孩儿应该是在撒娇，靠在恋人的肩头，脸色通红，也不知道是不是被海风吹得。

"放心，不会的，"年轻人温柔答道，"我们还可以留下一些动物。"

"毒蛇就不要了。"

"好的，听你的，这一回就不要它了。"

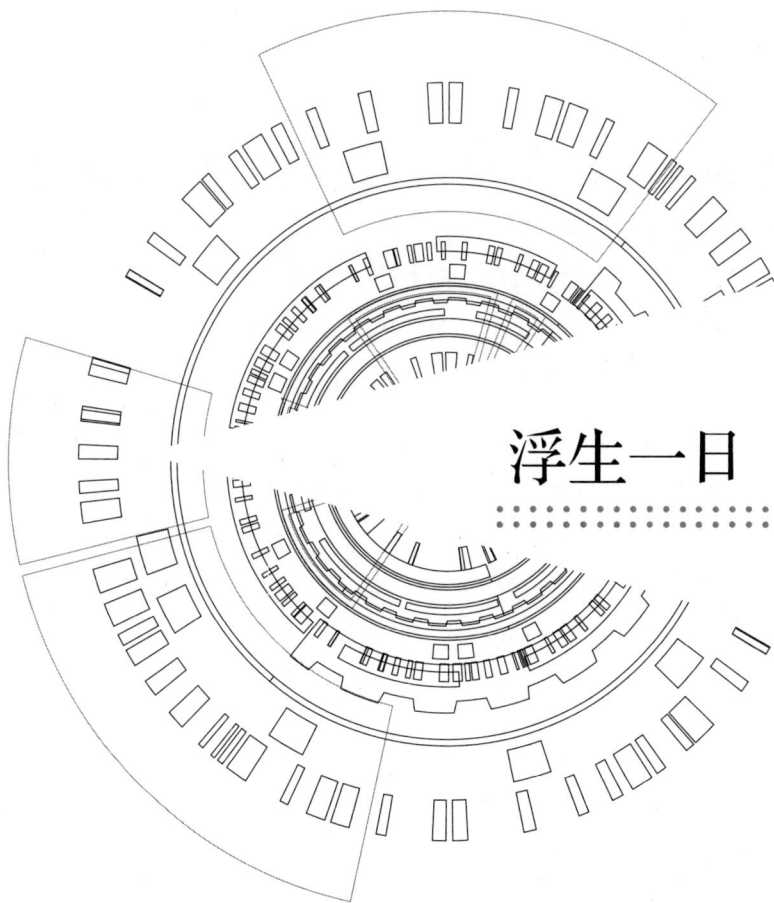

浮生一日

西奥多（零）

　　所谓最精悍的猎手，一旦锁定了目标，便会目不转睛地凝视，直至对方出现破绽。

　　清晨的露水还没干透，稀树草原上的一匹猎豹埋伏在草丛后，这已是它今天第三次伏击。上天赐予它绝对的速度，却没有给它耐久的机体，很公平。惊人的爆发力也意味着循环和呼吸系统会超负荷运转，110公里以上的时速只能维持15秒，15秒后就会被角羚在弯道处轻松甩开。而在最糟糕的情况下，如果连续失手六次，它就要因为体力不支而面对死亡。

　　猎豹选择了伏击，它的视线延伸到100米外。低矮的柽柳丛中有一团褐灰色的影子，也许是一匹小憩的斑马或者高角羚，但这不重要。对猎豹来说，脂肪和蛋白质只要被吃进肚子里，是不会标明来源的。

　　它蹲伏下身体，腹部紧挨地面，黯淡的毛发与四周的干草混为一体。扁平宽阔的鼻孔轻微扇动，气息因为兴奋而变得急促。附着在肩胛骨的肌肉渐渐上弓，周身像上了发条般积攒着张力。

　　视线里的柽柳丛簌簌地骚动了一下——那团灰影正在翻身。

　　这就是时机。

　　猎豹的后腿蹬地，重心像弹簧一样跃起，身后扬起一阵尘土。猫科动物罕有这样修长的四肢，可以在奔跑时交替收缩舒展。它高度进化的肌肉延展性优异，积蓄的势能被瞬间释放。陆地上最快的动物出击，如同一颗飞旋的马格南子弹，带着死神一起安静地略过草原。

只剩下不足10米了，距离短到不足以让猎物做出逃窜反应。

猎豹一跃而起，扑向灌木丛后的那团灰影。

这次不会再出差错——它在空中张开嘴，喉头发出低沉湿润的呜咽，伸出利齿和布满倒刺的舌头，下颚几乎已能感受扼断食草动物喉咙的快感……

但它还是没有料到，在绝对的速度之外，还存在更迅猛的杀机。

一只利箭迎面飞来，猎豹的脖颈被瞬间贯穿。

原本滞空的扑食姿态凝固住了，猎豹偏离了目标，伴随"嗵"的一声闷响，重重摔在地上。喉咙被刺开一个口子，因痛苦产生的嘶吼变得破碎。温热的血从动脉里喷薄而出，从鲜红直至变成暗褐色，濡湿了土灰色的沙地。

过了大约一刻钟，猎豹的脉搏停止起伏，它死了。

卡拉哈里沙漠的最南端，少雨的夏季，刚刚受完孕的跳羚为了寻找新的草场，结成庞大队伍进行长距离迁徙。一轮初升的太阳把血红色投射在成千上万跃动起伏的背脊上。

西奥多·埃尔斯拔出猎豹体内的钢箭，再用一把猎刀割断了它的喉咙。完成这一切后，他抬起身子，远远欣赏着世界上最壮观的哺乳动物迁徙。

虽然人能够用工具杀死比自己更快的猎豹，但草原还是属于孱弱的羚羊。从现在开始的6个月的时间里，如果这些跳羚运气不好，便会在长途奔徙中丧命于斑鬣狗和兀鹰之口；如果运气好一些，抵达水草丰满之地产下幼崽，后代就有机会去延续食物链底层的生活。

如果猎豹可以选，它会不会宁愿去做羚羊？或者干脆像西奥多一样，做一个猎人。

如果人类可以选，他们会不会宁愿放弃真实，去做一个完美又绵长的梦？又或者，离开地球，去深空里寻找新的边界？

这些问题在西奥多的脑海里一闪而过，然后继续埋头处理尸体。猎刀曾经的主人是他的父亲，他离家前把它偷了出来，用了那么多年依旧被养护得很好。它在猎豹的身体里游走，可以很顺滑地分离肌肉、脂肪、软组织和皮毛。

而在身后，卡拉哈里的旱季，无数跳羚正背对着落日，朝着它们未知的命运奔赴。

西奥多（一）

一个雄厚而老迈的声音在黑暗中响起：

"闪烁之神，你赐予我们的福泽悠远绵长。你带领我们从科学的泥淖中走出，找回真实而质朴的生活，重新教导我们与自然相处的技能，引领我们找回抗击黑云魔鬼的力量！"

"闪烁之神！请你归来！归来！归来！"众人应和道。

"闪烁之神，我们将永远谨记你的教导，物质、能量、信息三者之中，只有一个是人类永恒的归宿！我们必须做出选择！今天，是你再次降临人间的日子！今天，我们将点燃人间所有的火，照亮你归来的路！"

"闪烁之神！请你归来！归来！归来！"

平稳而持续的颂祷声与岩壁形成共振，仿佛中世纪基督教主正在教堂里进行弥撒。

无论活着的时候曾多么迅猛有力，此刻，这张猎豹皮只能安静扁平地铺在岩洞的前厅里。100来个人以它为中心围成同心圆，半跪着念念有词。西奥多则站在猎豹皮中心。

作为仪式的主角，他明显分心了。猎人的本能促使他想弄清岩洞的构造，但实在是太暗了，视线掠过人群的头顶，只能勉强看见几条小径向更幽邃处延伸。

终于，颂祷声停止。领颂的首领支撑着站起身，他的右腿有些跛。燃起牛羚脂肪制成的火把，使光亮增加了一点，但还不足以让西奥多看清楚通向岩洞深处的路。

他听见一个稚嫩的声音。

"哥哥，真的是你杀了它？一个人杀了它？"

西奥多低下头，这是个七八岁大的男孩儿，穿着体面，领口平整，修剪着利落的短发，和周遭灰土布裹身、长发掩面的人群截然不同。他马上意识到，这就是首领的嫡子——也是自己从未谋面的弟弟。

"是的，你长大一些也办得到。"

"我能看看吗？"男孩儿比画了一个拉弓的姿势。西奥多会意，从随身的简易弓包掏出一把轻盈的小灵蛇手弩，递给男孩儿。

"那么小！用它怎么可能杀死一只猎豹？！"

"埃尔斯家族的男人，从来不是大块头，但一直是卡拉哈里到好望角这一带的头儿，"西奥多蹲下身，用食轻轻戳了戳的男孩儿额头中央，冲他眨眼，"如果你善于用这儿——头脑，那么体格大小就没那么重要了。"

"我见过爸爸猎斑马，他的弓要大得多，大弓才能射出最快的箭，最快的箭才可以穿透野兽的皮肤……"

"那么，他打猎的时候，斑马会向他跑来吗？"

"这倒不会……"

"但是猎豹会。"西奥多说道，"小灵蛇手弩的初始速度有每秒50米，而猎豹捕食时的冲刺最快每秒30米，而我的钢箭只要快于每秒80米，就能刺透一定厚度的皮肤和脂肪。一道数学题，如果换成你，你会怎么做呢？"

"唔！这……太危险了！……没人能面对面杀死扑过来的猎豹！"

"这可不一定。脖子是哺乳动物的弱点，皮下组织和脂肪都是最少的。它迎面扑来时，弱点正好暴露在射程内。只要我能够保证准头，剩下需要做的就是耐心等着它自己断气，免得被绝地反扑了。"

动物脂肪燃烧引起的焦糊味和温暖的橘光一起袭来，那个领颂的低沉男声向他们靠近。

"咳，威廉，如果你想听更多丰功伟绩，或许可以等到今晚西奥多从光之域回来的时候，他可以顺便跟你讲讲他是怎么点燃圣火的。"

人群默默散开一个口子，首领带着光亮向他们走来，叫作威廉的小男孩儿迅速停止了好奇的盘问，战战兢兢地缩在一旁。

首领大约五十岁出头，一只脚跛了，但线条明朗的皱纹让他看起来精悍而睿智，和他的嫡子一样，穿着少见的体面衣裤，只是袖口和裤脚因为多次清洗而显得微微有些发白。

"你小子偏偏挑了今天回来……是诚心的吧？"首领卸下了语气中威严的成分。

"说实话，打死一只猎豹……这作为御火人的试炼，比我想象中简单不少。我很好奇，为什么之前没人这么做，"西奥多漫不经心地说道，"你也没想到吧，老家伙？降临之日当天，我回来顶替你了。退休了有点失落，对吧？"

首领转向西奥多，因为酗酒变得浑浊的眼睛闪过一丝光芒，"我不失落，相反，我很欣慰。埃尔斯部落里的前24任御火人，也都会为你感到骄傲。泰德，很高兴看到你回来。"

"泰德？上一次你这么叫我，我还和威廉一样高。"

"是啊……时间过得真快。也许这就是闪烁之神的旨意吧！也许我再一不留神，小威廉也会离家出走，过几年再带着试炼之印证回来逼走老家伙……谁知道呢？"头领爽朗地笑了。

"我不会逼你走。虽然自从母亲去世，我就没再对你抱任何希望，但我不会逼你走。"

头领笑着摇摇头，"猎豹试炼产生了部落新的首领和御火人，而老首领将会被放逐，在荒野上寻找新出路。这是埃尔斯家族的传统，也是闪烁之神立下的规矩。"

"闪烁之神？不要和我提它，它是假的。"西奥多打断道。

他的声音在空荡的岩洞中形成了尴尬回响。部落民众显然被这句话惊到了，纷纷交头接耳讨论这位新领袖是否过于出格。

一位用破烂长布裹身的老者上前，他的皱纹里满是泥垢。

"年轻的御火人，请不要狂妄！大地曾被科技的云翳占领，鬼蜮以假象诱惑人类进入它的黑云，从而吸食生的灵魂……就在一切将遁入虚无时，就在黑云即将释放出万毒之毒时，闪烁之神降临人间！他带领剩余的人类击败魔鬼，教人类重新和大地相处，寻回真实世界的生存之道……如今，闪烁之神驾着预言之舟回归天界已有300多年，埃尔斯部落经历过24位御火人。每一任御火人都承担着保护火种、传达神谕的职责。而你，作为新一任御火人，也是最幸运的一位，今天将点燃圣火，照亮闪烁之神的预言之舟回来的路！这是所有御火人心中最神圣的，却没有执行过的任务，你应该敬畏！"

西奥多冷冷一笑，"又是这些。闪烁之神、黑云、万毒之毒、预言之舟、真实世界……这些鬼话！"他的声音里隐含怒意，"我的母亲赤脚在雨天劳作，被水洼里的铁器割开一个口子，第二天她倒下，第三天全身扭曲抽搐再僵直，直至不能开口说话……我向闪烁之神彻夜祈祷，但第四天，她还是死了。活着的时候，她帮瞎眼的老人编制草席，为失去双亲的儿童提供食物。如果闪烁之神真的存在，为什么要带走一个善良的人？还有我们！我们就该这样活着吗？睡在草铺上，和动物一起喝雨水，用铁器追捕野兽，妇女和儿童被流行病杀死……如果闪烁之神所说的真实世界就该是这样，那么不听它的也罢！"

西奥多激动的话音落下，众人中几个胆大的纷纷发表意见：

"闪烁之神曾有过教导——即使真实世界充满牺牲，我们还是应该重拾祖辈与自然相处之道，回归本心。"

"但愿闪烁之神足够仁慈，不会因为你这番言论降罪于部落……"

"远古时代的大争论已经给过我们答案，唯有回归真实，回归物质，不依靠投机取巧，逐渐掌握祖辈失落的技艺，才是人类唯一的救赎之路！"

在嘈杂的质疑声中，西奥多意识到，尽管他早上通过了猎豹试炼，但真正的试炼才刚刚开始。

他就像一个孤立无援的演说家，大声对着人群说道：

"我离开部落将近9年，我坐船，骑马，见识过欧亚大陆的城市。现在它们是废墟，但废墟告诉我，人类曾有过科技和希望。飞行器可以转瞬间把人从这里送到北极的格陵兰岛；矿冶技术提供强度最大的合金；曼彻斯特的工厂里还能造出织物，各色的织物！发光的、保暖的、剪裁成各种样式……我们曾发明一切，曾经是自己的神，现在却赤脚在洞穴里跳酬神舞蹈！如果万能的闪烁之神真的存在，它在哪里呢？谁又见过它呢？"

西奥多·埃尔斯话音落下，两百多只埃尔斯部落族人的眼睛聚焦在他身上，透过火光能看见他们眼睛的恐惧、愤怒和质疑。西奥多脑中忽然有个古怪的想法：假如此刻自己变成一张易燃的白纸，那么，会不会像是被阳光下的凹透镜照射一般，被这些目光里的情绪燃烧殆尽？

寂静压低了气压，让人胸闷。刚卸下首领职位的父亲歪着头沉默了一会儿，岁月和思绪共同协作，在他眉心犁出两道沟，缓缓开口道：

"我带你去见闪烁之神。"

"什么？！"西奥多不敢相信自己的耳朵。

"今天是降临之日，御火人在点燃圣火前聆听他的神谕，见证他遗落在凡间的神迹，心中才不会迷惘。"在目光的注视下，父亲一瘸一拐地朝岩洞蜿蜒的深处走去，停下回过头来摆了摆手。

"你跟我来吧。"他示意原地发呆的西奥多跟上自己。

S912（一）

在活了9230年之后，S912知道自己时日无多。他活得实在太久了——

这次无论怎么看，都是要被擦除的样子。

尽管如此，今早他仍然在喜马拉雅山南麓攀爬，因为这个习惯已经维持5000年了。

5000年，一年是365天，一天爬一次喜马拉雅山。

简直是个疯子。

随着海拔逐渐上升，头顶的东亚冷杉开始增多，阔叶植物投下的厚实阴凉越来越少。S912抬头看一眼树冠，快速估算了一下，现在大约位于海拔4000米的亚寒带针叶林，以目前的步行速度，还需要12个小时的脚程，在太阳快落山的时候就可以登顶了。

"记得5000年以前，从山脚到珠峰步行来回只要10分钟，现在居然要12个小时！越来越费时间咯！"听他语气似乎是完成了不得了的成就。说罢，他将登山杖插进蓬松的落叶层里，蹲下身子捡起地上一片火红的槭树叶，捏在食指和拇指之间旋转，"这是五角枫啊？这个海拔上还能长？也太高了点……"

"S912，你有名单吗？"S912闻声抬起头，一个20岁左右的青年兀地站在面前。S912迅速检索了公共池里的数据，眼前的陌生个体编号K1289888，存续时间5年。

"我真是老得跟不上时代了，'你有名单吗？'，你们年轻人现在都这样打招呼的？"

K1289888皱起眉头，"你不老，是我过于年轻了，分不清老狐狸是不是在撒谎。"

S912两指一搓叶梗，红叶打着旋飘落到以针叶为主的腐殖质上，鲜明的水红色和土黄纤维碰在一起。他如同发现了新大陆一般，冷淡的语气变得兴趣盎然。

"哈，每一帧都没失真！我记得一千年以前，叶子逆时针旋转的时候，边缘会因短时脉冲波干扰而融化。现在图像能优化到这样……果然功夫不负有心人！"

K1289888挑起了左边眉毛，原本打算掩藏起的怀疑和轻蔑，这下彻底暴露出来，"别再装蒜了，你有大擦除的名单，对吧？"

"你是今天第209个问我这个问题的人了。为什么都来问我呢？问我又能有什么用呢？"S912终于不再埋首于地上的落叶，他抬头望着K1289888，眼里满是困惑。

"因为只有确定自己第二天不会被擦除的人，这会儿才能有心情爬山捡树叶玩吧？"

"就因为这个？还真是高看我了。哎呀……我只是一个痴迷于大自然的老人家而已。"

S912笑着摇了摇头，起身继续往山上走，而K1289888不近不远地跟着。朝阳在远处露出了一个头，雪线之上的山顶成了暖暖的浅粉红。林荫投射在两张年龄相仿的脸上，一个看起来没有那么老的老人和一个看起来没有那么年幼的孩子，并肩在山腰间的绿洲里默默行走。

由远到近，从两个黑点变成两张看起来整齐匀称的脸。他们都不算英俊，但又说不出相貌有什么缺点，过目即忘，仿佛五官跟他们的名字一样，只是一个用来区分彼此的随机组合。

几乎所有兰亭世界的居民都无氧登顶过喜马拉雅山，但这并不代表他们个个身强体壮。兰亭世界是人类意识数字化后的储存容器，在这里人可以不受物理定律的束缚，瞬间飞跃40光年外，触摸大角星的橙色焰芒；也可以缩到微观尽头，无视电磁力，在两颗原子之间来回穿梭。

所以，在K1289888看来，此刻S912爬山的方式是极其诡异的。他太慢了——用1倍速攀爬，这是物质世界才会有的运行速度，也是桎梏着他们远古祖先肉身的速度。低速运行是罕见的，系统必须无压缩无损耗展现出地图里每一帧的细节，对兰亭世界来说是很耗费算力的。幸亏几乎没人这么做，不然系统早就会因为内存不足而崩溃。

"走那么慢，特别不适应吧？让我猜……你一定是个急性子，平常起码是用3万倍速在生活吧？"S912说。

"今天我开到了5万倍。"

S912怔了一下，"5万倍？那么快的数据流你接收得过来？"

"我把自己的数据备份了5份，除了这一个在陪你用1倍速爬山外，其他4个都在用5万倍速在运行。"

S912又是微微惊讶，"5个备份？这算违规操作了吧？……那……另外的4个你都在哪儿？"

"一个在中世纪的热那亚，一个漂浮在平流层，一个贴着天鹅座黑洞的史瓦西半径环行，还有一个在幻想机械世界S1。"他说道，"哦，不，刚刚从机械世界到了蒸汽世界S8。"

"冒那么大的风险，你肯定不是为了环游世界吧？"

"我得寻找活下去的方式，如果今天是末日，那以后也罚不到我什么了。"K1289888的声音变得咄咄逼人。

这时天色突然暗了下来，四周的虫鸣和鸟叫在刹那间销声匿迹，风在皮肤上拂过的轻柔感觉消失了，上方的云层停止了涌动，从洁白变成浓厚的深灰。这种机械的、非自然的骤变并不常见，意味着从中枢服务器传达来重要的跨服通知。

果然，暗下来的天空变成一块环形幕布，穹顶上投射出乳白色的字：

　　亲爱的兰亭居民，抱歉地通知大家，为了满足外部世界供能需求，兰亭世界不得不大幅度缩减算力。大擦除定于今夜进行。届时，大部分服务器将进入休眠状态，95%的非液态数据和人口将在休眠中被抹除。在大擦除正式开始前，系统将公平地甄选幸存者——所有能够在落日之前找到'真实成就'的人，将获得生存资格。祝你们好运。

　　S912和K1289888知道，就在他们仰脖子看天的此时此刻，这段文字被送达到了兰亭世界的不同服务器里。无论是海底地图、都市地图、微观地图，还是星际地图，天空都在同一时间暗了下来，遍布在几百万张地图的几兆人类几乎同时停下了手里的活，抬起头，开始思考一个一秒之前还从未存在的问题——"真实"到底是什么意思？

　　"真实成就……"K128988811喃喃道，"你听说过吗？"

　　"没有。"S912摇摇头。空中的文字淡出，天又渐渐变亮，一阵风带来了属于高山草地特有的凛冽气息。太阳已经从峰峦参差不齐的天际线中完全显露出来。从现在到日落，还有13小时36分钟，这也将是兰亭世界有史以来最戏剧化的13小时36分钟。

　　"算了……管它是什么呢，如果说找到'真实'成就就能够活下来……那我也只能试试了。"K128988811拉起衣领，叹了一口气，声音出现了半秒钟的虚化，好像是更加疲惫了。

　　"你又做了备份？"

　　"对，刚才我又做了5个，现在正将他们传送到不同的地图里。这样能够增大一点概率。"

　　"真那么想留在这个世界里？"

"你不想吗？"

"我无所谓，我活明白了。"S912没头没脑地来了一句，"你可知道，我们这里的一天，换算成外部物质世界的时间，其实不到1秒！我们的生命原本就只有一瞬……擦不擦除又有什么所谓呢？也罢……5万倍速，开着10个分身的你，又能感受到些什么呢？那几个分身感受到的世界，现在应该都糊成马赛克了吧？"

"画面边缘的像素是有点模糊，但那些细节其实看不看也无所谓。"K1289888心不在焉地说道。

S912叹了一口气，"……在意识数字化之前，我们的祖辈每天都在与周遭环境抗争，对物质世界的感应和反馈至关重要，可以说，对细节的感受支撑着人类进化。寒冷的空气、高山植被的景色，还是脚底的触感……在这样的海拔上剧烈运动，我们的祖先还应该能感觉到晕眩和脱水。"

"眩晕和脱水？就是很难受的意思，对吧？"

"应该是的。非常可惜，为了节约算力去容纳更多人类，服务器把所有被判定为'消极'的感受都去掉了。所以我也不确定这两种感受具体意味着什么。"

"但消极的感觉又有什么好？"K1289888一脸困惑地问，仿佛在等待一个显而易见的回答。

"等你活到我这个年龄，就会明白一个道理。相比于物质世界里的祖先，我们的生命是残缺的。"

"他们为了填饱自己的肚子奔波，为了社会地位残杀，我们从来不用担心这些。只要脱离了物质存在，就没有紧缺的痛苦、没有斗争、没有饥饿、没有束缚……兰亭世界之所以伟大，不就是因为脱离了物质而存在吗？"

S912摇摇头，"从来没有生过病，就不会体会到健康身体有多好；没有感受过饥饿，也不会知道食物有多好；系统甚至把'呼吸'的感受判定为无意义的，我们连呼吸都没体会过，还能够感受到'活着'的美好吗？"

K1289888脑海里的许多意象都与"美好"这个词绑定：夏天的微风、园子里的花木、姑娘的发梢、下雪天里的暖炉……但它们丝毫激不起心里的波澜，他闭上眼睛，这些词汇如同一队僵硬的锡兵，排列整齐，面无表情。

他狠狠地甩了甩头，把锡兵们赶出意识。眼下有更重要的事情，他没有时间思考这种哲学问题。

"抱歉，S912，可能我们要分别了。我的时间紧迫，得找到'真实成就'——"

"'世界上没有完全相同的两片树叶。'"S912冷不丁说道。

"嗯？这是莱布尼茨说的，但是现在不是背名人名言的时候，我劝你也——"

"名人名言可不能全信，喏，你看，这两片就是一模一样的。"S912起身向他递过手中的树叶。

K1289888瞥了一眼两片树叶。一片是长条形锯齿边缘的栎树树叶，另外一片是鸭掌状的枫叶，颜色也差别很大。

"这两片树叶完全不同。栎树树叶刚刚落下，是水红色的，而这片枫叶都已经枯得卷起来了。"

"那是表象，你细看他们的纹路。"

K1289888看着S912的眼睛，丝毫没有开玩笑的样子，便低头去细细端详。那两片叶子有着一样的叶脉！从叶柄到最细小的网状脉络，哪怕是锯齿状的边缘也如出一辙。

"为什么会这样……怎么会那么巧？"

S912随手从齐腰高的灌丛中摘了一片绿色的忍冬叶，又递了过去。"只是过去没注意罢了，谁会真正低下头来观察叶子呢？你看这片呢？"

K1289888接过那片狭长细小的忍冬叶，虽然四季常青的树种没有因季节变化而枯黄，但叶脉就连最细微的分叉点也丝毫不差，就是枫叶叶脉的一个微缩变形的翻版！于是他蹲下去，捡起了地上的每一片叶子细细比对，同样的叶脉一次又一次地出现。

K1289888抬起头，却没有得到S912的回应，他又迅速埋下身去捡起叶子，一片，两片……

在扔下第7片叶子之后，他放弃了。

S912缓缓开口："活了那么多年，我每天一路爬山一路捡树叶，就为了找到两片不一样的叶子。可是……为了减少运算量和数据储存量，每一片叶子都是一样的。所以，你明白了吗？我们的世界是偷工减料的世界，这样的世界里怎么会有'真实'？"

"叶子脉络都一样，那又怎样呢？"K1289888站起身来整理了一下衣摆，掸去冲锋衣上的泥灰，似乎想把自己从刚才的震惊中拉出来，专注更加重要的事。

"不仅是叶脉，结晶的形状、岩石的颗粒，甚至是海浪的纹路和风的声音！它们的都是一样的。"S912凝视眼前的年轻人。

"我不是你，我还想活下去，我不想把最后的13个小时浪费在观察花花草草上。我还要找到'真实成就'，保重了，S912。"

说完，K1289888消失在雪地上。

S912看了看那个曾经站着年轻人的地方，那一片雪地没有留下任何脚印，他耸耸肩，又缓缓迈开步子。

海光（一）

"海光领航员，务必记住，我们只有一个白天的时间，准确地说，是13小时36分钟的时间。"

"真的不能缓一缓？"登陆舱里的男人被仪器和操作台包围，此时脸上的表情是近乎哀求的，"几百年前祖先们删除了地球的坐标，这次捕手号误打误撞找到了地球，实在是走大运了，就不能再多争取一点时间？"

"不能。"通讯器那边传来的女声很坚定，"13小时36分，不对，是13小时35分以后，星梭会分裂出引子，吸附在捕手号上为我们加速，在离开地球同步轨道之前，你就得回来。"她顿了一下，压低了声音似乎在给听者一个警告，"如果错过这个时间，星梭下一次巡弋到现在的位置就是300多年之后了。如果你想一辈子待在地球上，就随便你好了。"

海光撇撇嘴，放弃了抵抗，"好好！我知道了……哎，第一批用星梭航行的就是麻烦，那帮能量委员会的专家，总在想怎么样让我们走得更远，却不研究该如何让我们随心所欲地回去……"

"不要质疑能量委员会。多亏他们研制出黑洞引擎，又造出利用黑洞引擎运行的星梭，我们才能以接近光速飞行。"

"哎？抱怨一下都不行吗……从小我们只在故事里读到地球，这次能回到人类起源的地方，其实我还是很激动的嘛。"海光笑起来露出了8颗上牙，很肆无忌惮的样子。影像透视畸变后出现在屏幕上，从轨道舱的岚婷的角度去看，就有一点痞气。

"……咦？岚婷，怎么你看起来不开心啊？"

"没有不开心，我也很激动。"可她表情怎么看也不是激动的样子。

她当然不可能开心，虽然轨道舱和登陆舱只有一门之隔，但几十分钟后便会相隔了三万多千米，其中一个落在地球上的某一点，另一个在干净寒冷的真空中悬停在那一点的上方。

"喂，你不会嫉妒了吧？……谁会知道小船有一天能找到传说中的秘宝呢？早知道要登陆地球，能量委员会肯定派最先进的星舰来了，那登陆舱就不会只有一个座了……"海光戏谑道。

"没有嫉妒，分工不同而已。"但是她翻的白眼伴随信号传到了登陆舱，无论是图像还是情绪都没有丝毫失真。

"以为做鬼脸我看不到吗？你前平后板脾气又差，如果再把脸蛋弄歪了谁会娶你？"

"海光领航员！论职级你还比我低，工作时不要在频道里开领导玩笑。"女人的脸憋得微微泛红，海光不由觉得十分有趣。

"我说……你还真是一点儿也没变哪，上学的时候就这样。两舱分离准备完毕！"随着登陆舱与轨道舱的分离，他们俩手头的工作多了起来，但双方似乎都没有嘴上休战的意思。

"收到。系好安全带，身体贴合座椅，以应对着陆时的冲击力！……什么叫作'一点儿没变'？！你倒说说我上学时候是怎么样的？"

"安全带已系好，撞击防护设备检查完毕！仪表盘显示登陆舱和轨道舱分离顺利进行中。上学的时候啊……你一点女人味也没有！体能课非要跟着男生选修定向越野。身体不如男生，明明心里难过得要死，还非要逞强。"海光说着，嘴角露出一丝不易察觉的微笑，"最后伤痕累累地爬回营地，浑身是泥，晕死在营地门前500米。简直像屎壳郎一样又臭又硬啊……两舱分离结束！"

"收到。两舱分离复位进行中。请再次检查安全防护设备……亏你还记得！那次定向越野至少我是回营地了，不像某些人！我听说截止时间后的第二天他还在40公里外！都快跑到母舰舱体边缘了，最后全舰排查才给找回来……"

他们的争执似乎完全不影响手上的操作，默契得行云流水。两舱渐行渐远，争吵的声音被转化为信号，在地外空间中飘荡。

"还好登陆舱只有一个人的位子。不然地球人会以为漂流文明的女人都和你一样凶悍……安全防护设备检查完毕！"

"当初领任务的时候，是你非要跟我一组的吧？如果现在真那么大意见，就在地球上待着别回来了！仪表盘显示，荷载1.5个G。"

"收到，现在能感受到荷载了……行啊！我就在那儿定居，娶几个妻子再生一堆孩子，过国王一样的生活。"

"凭什么你能过国王一样的生活？"岚婷狐疑地眯眼。

"童话不都是这样写的吗？外邦的英俊小伙子通过重重试炼，杀一头猎豹或者一头大象什么的，然后成为新一任首领……接管原来坏首领的家族……再……再娶几个最漂亮的女人，然后……"

岚婷听见他开始大口大口地喘气，就瞥了一眼仪表盘，登陆舱的荷载已经超过了4个G。这意味着此时海光全身器官正承受着自重4倍的重力加速度，她迅速在周遭几个屏幕上检查海光身体的各项数值，嘴巴依然没有停下来：

"还想娶几个漂亮女人？……哼，童话？你的童话都是在小说上看的吗？"

但她没等到海光的驳斥，频道里的人声便安静了下去，取而代之的是嘈杂的噪音——登陆舱进入黑障了。

通讯中断。

登陆舱飞入大气层，气体高速摩擦使得舱体表面出现一个几千摄氏度的高温层，气体和登陆舱表面材质被部分电离，等离子吸收并且反射电磁波，登陆舱就像一把刀插进了刀鞘一般，与外界的通话基本中断。

心跳140，血压180/120，屏幕上海光的身体指标正随时间推移逐渐逼向临界值。几个数值也成了岚婷和海光之间唯一的连接。眼前浮现他被超重的痛苦压抑到说不出话的表情，岚婷觉得错过欣赏无疑是暴殄天物。

其实令她耿耿于怀的，并不是吵架时自己总不占上风，而是更糟糕的原因——在这次任务中，她彻底沦为了配角。

从学生时代起，岚婷就一直和海光争高下。无论是航行理论、航天器操作，还是星际定位学，甚至连男生才需要修的负重越野，她都不甘落下。直到最后，他俩毕业成绩并列联合航天大学第一，同时作为联大空间航行系的毕业生代表在毕业典礼上致辞。但天意难料，在毕业三个月后，他们又以差不多的分数通过了考核，成为第一批利用黑洞引擎远行的人。

黑洞引擎是漂流文明对能量利用的又一次尝试。

黑洞有霍金辐射，尤其是小型黑洞，会源源不断地向外辐射能量并损失质量。利用人工微型黑洞的霍金辐射作为能量源，可以将飞行器速度增加到接近光速。同时，沿途的任何物质都可以丢进黑洞里用于补充燃料。

这看似十分理想，但黑洞引擎也有个缺点——它无法制动，一旦进入近光速运行模式，以漂流文明目前的技术水平几乎无法让它停下。作为弥补手段，能量委员会只好设计了永动的星梭，让星梭永远以近光速在轨道上飞驰，在目的地附近用"引子"为搭载在星梭上的航天器加速、减速。

以接近光速的速度飞行，时空将被极大地扭曲。岚婷和海光从入选的那一刻起，就注定与漂流文明的生活隔绝，进入完全不同的时间线……

"笨蛋，怎么没声音了？你还在吗？"

耳机里的男声再次响起，很虚弱，带着长时间超重后特有的沙哑泛音。但岚婷从体征数值和他的语气里能够感觉到，这个训练有素的宇航员正快速恢复着体能。

黑障结束，他快要落地了。

西奥多（二）

山洞里的这条路一直走下去，就能到神谕之地，看样子，父亲已经走过很多次了。跛腿丝毫不影响前进速度，动物脂肪燃烧的噼啪声在封闭的空间中很刺耳，焦油和黑色烟尘飘进眼睛里，西奥多忍不住咳嗽了两声。

"我猜猜，这个时候你肯定在想：'为什么我们要放弃科技，没有保留电灯呢？'"

"不，其实我在想：'为什么我没有一个打火把时知道照顾儿子，让他不至于被呛死的父亲呢？'"

"是啊……为什么你没有呢？"父亲笑道，"为什么我们都得不到自己想要的呢？为什么我就没有一个靠谱又省心、愿意老老实实给我侍奉闪烁之神的儿子呢？"

西奥多看了看走在旁边的威廉。他年龄太小，只能吃力地跟上成年人的步伐，不一会儿就有了沉重的呼吸声。前方依旧是幽暗一片的钟乳石过道，路却越来越狭窄了，他们需要侧身或蹲伏才能从潮湿的碳酸钙石林中穿过。

"还有多久到？威廉的体力快到极限了。"

"还远。他自己要求跟来的，就忍着点。人要为自己做出的决定负责，这是最基本的道理。"父亲根本没有回头看他的幼子，这番话却让威廉的脚步加快了一些，呼吸声更重了。

"我以为那么多年过去了，你教育儿子的水平能提高一些，至少会不像现在这样惨不忍睹。"西奥多说。

"我把你教育得不好吗？"

"至少没有好到让你省心的地步，也没好到愿意老老实实给你侍奉闪烁之神的地步。"

"嗯……这确实是一个严重的问题。我下一次会注意的，再下一个儿子，如果他忤逆我，我就会加倍严厉地惩罚他，好让他尊重传统，像我一样态度端正地服侍闪烁之神。"

"你——你是开玩笑的，对吧？你知道自己老了，不会有下一个儿子了。"

父亲停下，似乎听到了最好笑的段子。

"哈哈哈……你太小看老头子了！等你乖乖接了班，我就要离开好望角，离开这个部落。或许我要往北走，更加接近沙漠，也可能往南走，靠近海边，那里风光更好。找到好地方了，我要挑战一个当地部落，战胜他们的御火人，然后迎娶族群里最漂亮的女人们，繁育后代，建立我的家族。过不了几年，你就会有一群年幼的弟弟在远方降生，你得告诫你的女儿们，同样的姓氏万不可通婚……"

父亲的高谈阔论充斥在洞穴的过道中。

西奥多熟悉父亲的声音。

记忆是个奇怪的东西，每一种声音都会和特定的碎片捆绑，尘封已久的片段就像前路的钟乳石笋，层层叠叠钻出地表，又在时间和地点的维度上坍缩到一个具体的坐标。

——星夜下的野兔林。

那时候的西奥多比威廉还小，白天成年男人们都去打猎，自己就在野兔林里玩。他在树林的最边缘找到了一根奇怪的铁杆子，杆子顶端有着一个晶莹剔透的小球。西奥多耗尽全身力气，想从倒伏的铁杆上摘取小球。而要弄断小球后面连着的细线，对一个赤手空拳的孩子来说并非易事，耗费了他大量时间。

天就这样莫名其妙地擦黑了，斑鬣狗嗤笑一样的嚎叫从四周传来，令西奥多感到害怕。

隐约的绿色光芒似乎都是狼的眼睛。他开始奔跑，风从身上狠狠掠过，把指尖最后的一点温度也带走了。野地的黑暗像质密的液体，他无法摆脱这个无光的暗场，四处逃窜，却在更无边无际的虚无中再度迷失。他觉得自己要死了。

那个时候西奥多听到了父亲的声音。

这个声音似乎永远有使不完的劲儿，似乎遇到再大的事情，父亲只需要喝一些发酵的浆果酒，再睡一觉，太阳出来后什么都会好起来。

那个声音带着火把似的橘红色亮光包裹了他，那个声音粗暴地将他托起，把他带回家，又边咒骂边狠揍了他一顿，却为装睡的他轻轻盖上了被子，最后在他的额头落下一个吻。

其实，连西奥多自己也记不清了，那个胡子拉碴的吻可能是假的，是自己睡着之后出现的幻象。

他希望那是幻象。

"这——就是闪烁之神留下的神迹。"

同一个爽朗浑厚的声音，衰老了二十年的版本，将西奥多拖拽回现实。

绕过巨大粗糙的灰色石幔，岩洞深处豁然开朗，无规律频闪的红色光芒映照在父子三人的身上。西奥多有猎人的眼睛，本能地追寻红光的源头。一个长和宽数十米的岩体内室里整齐摆满了一排排架子，架子上尽是相同大小的黑色匣子，每个匣子上都有一颗麦粒大小的发光点。

成千上万个发光点各自以不同的频率闪烁、熄灭，共同把晦暗模糊的红光投射到岩庭中。和火把般温暖的橘红色光芒不同，黑匣子上的红光在自然界中罕见，是一种冰冷而机械的纯红。绝对的黑暗里，无数个细小的红色光源就像一双双啮齿动物的眼睛，每一双眼睛都能看见西奥多，但西奥多无法确定其中任何一只的方位。

他跨过一圈围栏，径直走向垒放黑盒的架子。

"这是……电线？！"西奥多愣在架子前。他注意到每一个黑匣子背后都拖着一条细线，所有细线在岩壁底部汇聚成一股黑色绳索，穿透岩体，通向外部。这和他在欧亚大陆的城市废墟里见到的电线很像，只不过后者残破不堪。

"这就是神迹！围猎、搬迁、寻找水源、战斗，任何重大事件发生之前，御火人都会来这里请示闪烁之神，闪烁之神会通过它们传达神谕，告诉我们该如何作出决定，为我们指明方向。"父亲解释道。

西奥多显然没有接受这一套说辞，自言自语说：

"不可能，这是电。盒子上的红光我游历时见过，是发光二极管？！现在即使是欧亚大陆曾经的大都会，科技都退化到了铁器时代之前，造出简单机械已是勉强……怎么还会有这些？怎么会有那么多？！"

"我说了，闪烁之神在342年前留下了这些神迹……"

"你还当我是听故事的小孩子吗？"

"在神面前，我们都是孩子。"父亲无可奈何地摇了摇头，沉默了一会儿，任由闪烁的红光和火苗的噼啪声填充他们之间的尴尬，"或许，现在你可以问问闪烁之神，今天该如何履行你的职责。"

"什么意思？"

"御火人提出问题，神会给一个指示。长闪代表肯定，短闪代表否定。这是人类和闪烁之神独有的交流方式，从这儿到欧亚大陆的所有御火人，都世代传承着这个秘密。"

说罢，父亲矮了半截下去，单膝跪在一块光滑的石头上，用低沉的声音喃喃念祷："闪烁之神，预言之舟再次降临时，我将不再是你的仆人，请赐福于新的御火人，赐福于草原和草原上的人类，让新的御火人顺利前往光之域点燃圣火，照亮预言之舟回来的路。"

他身旁的威廉也跪了下去，一同开始念祷。其实西奥多也不能够分辨清楚，小威廉的虔诚是来自于信仰，还是来自对父亲的畏惧。

西奥多有一瞬间的晃神，似乎看见了自己小时候的影子。那一次他在野兔林里拼了命捡到的"水晶小球"，被赶来的父亲说成是神在世间留下的神迹，被掴了两巴掌不说，还只能一语不发地看着父亲夺走自己的宝贝。

那个时候怎么会那样怕老头子呢？"为什么要铺垫那么多？不能直接问问题吗？"西奥多不耐烦道。

父亲没搭理他，继续颂祷。

西奥多翻了个白眼，不情愿地学着父亲的样子跪下，用清晰的声音向一片闪烁的红点提问道：

"闪烁之神，如果你真的存在，请显灵吱一声。今天傍晚在光之域，我点得燃圣火还是点不燃圣火？"

回音在山洞中瓮声瓮气地响了好一会儿，就在他想放弃等待的时候，千百个黑匣子上的红点突然齐齐熄灭，鲜红色的亮光骤然消失，黑暗中只剩一只火把，将他们的影子投射在凹凸不平的岩壁上。

令人窒息的黑暗在三秒后结束，那些红点再度亮起——只不过这一次不再是杂乱无章的频闪，成百上千红光整齐划一地开始了有规律的闪烁。

和想象中的不一样，不是长的闪烁，也不是短的闪烁——它竟然接连不断地闪烁个没完。

"记下！"父亲吼道。

西奥多马上反应过来，蹲下用小刀在地面刻出长短不一的划痕。长条代表持续一秒以上的长闪烁，点代表半秒以内的短暂闪烁。

大约三分钟后，这种整齐划一的集体闪烁又消失了，所有光源恢复了之前无规律频闪的状态。

"不应该只闪一下吗？我刚刚问的不是一个选择疑问句吗？"西奥多问道。

"唔，确实少见。神谕一般都是闪一下就完了，偶尔遇到过给一个单词的。"

"神谕怎么给出单词？"

"你说你周游世界，那你知道什么是摩斯电码吗？"

"无线电通信时代，人类最早传送信息的方式。我在海上见过，少量保留通信设施的船只还在用……"西奥多马上意识到了什么，低下头端详地上长短不一的划痕，嘴中念念有词，过了一会儿拼出一句话——

"Through howling winds and fringing rains,to be by your side..."

他愣了一会儿旋即抱怨起来，"这算什么啊？歌词吗？我要的答案呢？到底点不点得着啊？"

父亲缓缓站起，瘸了的那条腿无法完全站直，他揉了揉膝盖，试图调整到一个舒服的姿势。

"to be by your side...也许这就是闪烁之神的启迪吧，神谕牢记心里，正确的时候它自然会为我们指明方向。还有，今天傍晚的点火仪式，我和你一起去。"

"什么？！你不是都卸任了吗？"西奥多惊得跳起来。

"你认识路吗？"

"……"

"落日之前要赶到光之域，我们抓紧时间。"西奥多只好撇撇嘴，跟上父亲的脚步。原路返回走出了洞穴，又收拾好简易行囊，父子两人背着太阳朝南开始行走。如果一切顺利，几个小时后就能穿过稀树草原，到达目的地的海边。

"哥哥！你的十字弓还在我这儿！"威廉站在土丘上挥动手里的小灵蛇手弩，对着一老一少的背影大喊。正午的太阳让他们的背影干净利落，影子很短，丝毫不拖泥带水。

"你留着练练吧，反正这次我也用不着。"

西奥多对小威廉说道，他并没有回头。

S912（二）

以杜鹃、山胡椒为主的灌木丛逐渐减少，取而代之的是高山苔原。S912感觉到今天地图加载得异常缓慢，如果放在以往，他会觉得这是件好事。

每走一次这条路，沿途的一花一木就会被更深刻地印入脑海。几千年下来，即使S912闭上眼睛，也可以在脑海中勾勒出野草摇摆的姿态。

这是一个数据和算法主导的虚拟世界，兰亭服务器检测到S912对这张地图越来越熟悉。为了让画面前后一致，从而维持兰亭世界的客观性和合理性，它不得不消减地图里随机生成的部分，复刻S912之前记下的细节。

比如S912记得路边的每一块石头，它们是沉积岩还是火成岩，是否有片麻状构造。服务器就不得不记录下它们的位置和朝向，每次还要花费大量算力呈现出石头的细枝末节。

正因如此，这片地图加载的速度变得异常缓慢，S912企图用自己的数据库，吞噬和占据兰亭世界的一部分算力。他有个大胆的猜测，如果自己重复这样的路程无数次，记清楚了所有细节，是不是地图的打开时间就会趋近于无限？那么他就会失去退出这片雪山草原的方法，永远被困在地图加载的那一个瞬间里。

无法完全打开，又无法退出……听起来让他兴趣盎然，因为这像极了祖先们生存的物质世界。

可惜他没有办法去验证这个思想实验了，因为今天是大擦除前的最后一天。

过了雪线之后，路变得难走了许多，阳光照在奶油蛋糕一样的细雪上。横亘在S912和顶峰之间的，是雪檐和冰堆，还有一条条冰雪沟壑深处的幽蓝色梦魇。

"看来要找些工具来帮忙了。"这么说着，他的手上出现了登山杖，和一把冰镐，"要不要多加点衣服呢？"一件鲜红的加绒软壳冲锋衣罩在了身上。

松软的雪触及登山靴的底掌，发出咯吱咯吱的响声，他感受到自己湿热的呼吸濡湿了防寒服的高领，风吹了一会儿，领子变得坚硬冰冷。他的手因为肢体末端血液循环不畅渐渐变得僵硬。于是他干脆停下来，隔着手套使劲儿搓了搓手。

就在这时他定住了，一只山鹰从视野的尽头飞向天空，就在蓝天和雪顶交接的地方盘旋着。因为好奇心的缘故，他摘下了自己的雪镜，刺眼的白光让他一时无所适从。

是的，今天是特殊的一天，所有感觉都格外清晰……

他第一次体会雪盲、寒冷、缺氧……和高山特有的凛冽气息。

"多活几年，多在这地图走几趟，说不定就能活明白了！"S912在K1289888面前装作不在意，其实内心还是惋惜的，四下无人，他只能自言自语，"为什么偏偏在这一天回来呢？回来就回来，为什么要把全部的能源供给照明系统？当初他活着的时候又是装神弄鬼，又是大建工程。现在死那么久了，还要停了兰亭世界的电，大擦除会死多少人啊……我该说这是浪漫，还是胡闹呢？！大争论中选了'能量'的人都是疯子！"

长着一张少年脸庞的S912，像所有长者一样，虽抱怨着，却没停下脚步。

他还是把雪山想得太简单了。在两块冰川的连接处，S912驻足眺望了一会儿，似乎绕着缝隙走有点太远了。于是，他决定冒一次险，跳过冰裂缝。反复确认边缘是否坚实后，他闭上眼纵身一跃。

可冰川随着他落脚的那一次冲击，还是发生了崩裂，破碎成了雪白寒冷的一大片，随着重力的牵引，跟他一起掉进冰缝隙。

S912消失在高山雪原之中，曾经驻足的地方留下一串深浅不一的脚印。

海光（二）

"智能生命探测器找到人类聚居的城市了，还不止一座。"岚婷在轨道舱内说道。制动结束后，登陆舱启动了探索模式，并回传数据利用轨道舱内的设备进行辅助运算。轨道舱和登陆舱，就如同大脑和手脚，只不过中间隔了荒芜的三万六千米。

"有多少座？带我去最近的！"登陆舱屏幕投射来外部的景象，海洋和波涛从脚下迅速掠过，海光从未见过这般景象，语气中有压抑不住的兴奋。

"具体数字还没统计，估计在300座以上，分布在各个大陆的河流入海口。"

"啊……果然！古时候，贸易让人类聚居在海陆交汇的地方，那么多年过去了也没变！"

但当海光随着岚婷指引，将登陆舱驾驶到河流入海口，却没有看见想象中的摩天建筑。事实上，他甚至很难把这片插满柱子的滩涂和"城市"一词联系到一起。

柱子们密密麻麻立在海边，每一根都有三四米高。太阳还未升起，在黯淡的光线里，像一大片惨白的罗马柱残垣。退潮后留下的藤壶如同坚硬的甲壳，覆盖着柱子的下半部分。海光放低高度，小心翼翼地从罗马柱林里穿过。

"这得有上万根柱子？"

"从我这里看，少说有几十万根。"岚婷处于同步轨，在高空能够看到全景，她将屏幕放大，系统识别图像后给了她一个七位数，"哦，不，一共一百多万根。巧了，这座'城市'应该也是百万人口级别的……"

"岚婷……我忽然有一种不好的预感。"

"我习惯了，每次跟你一起出来总没好事。"

"别抢我台词，这句话也是我想对你说的！"

岚婷面前的屏幕上出现了一个异常的光点。

"等等，这里好像还有个能量密集区，似乎是一座……大型核电厂？！"

"唉？早在我们祖先离开地球之前，家用可控聚变能源不就取代了大型核电厂吗？是废弃的遗址吧？我们得去看看。"

靠近核电站之后，他们意识到海光推断得没错，它怎么看也不像正常运作的样子。或许当年是为了取得更多的冷却水，发电站就被建在了海边，常年受到海风腐蚀让建筑面的外层脱落成斑驳一片，杂草从门框和砖缝里挤出来，改变了平面桁架原本的形状。

"经过建筑结构力学分析，受损度29%，有轻度坍塌的危险。"岚婷犹豫了一下，"建筑物会阻挡同步舱视线，我就看不见你。进去之后自己小心，记得留意时间！"

海光点头。

太阳光渐渐出来，给了这幢建筑一点光辉。他探索着走进室内，发现在建筑物半坍塌的门厅里，竟然有几个人影在一片瓦砾中闪动。

海光选择蹲伏在一扇虚掩的门后，人影处有对话声传来。这样的隐蔽方式竟让他一时开起了小差，是不是在数千年之前，他们的祖先在地球上狩猎，也会选择藏在掩体之后？就像他现在一样，听着远处传来窸窸窣窣的声响，猜测那是一只豹子还是羚羊。

"头儿，咱们这样做……真能阻止缸人吗？"

"没问题，现在他们的中枢电脑正进行系统升级。笨办法只要坚持反而更牢靠。五百年过去了，那些会跑的铁盒子都被我们毁了，他们的机器人帮手也一百年没再出现过。缸人现在退化成了残废……机器只要被我们毁了就没有人能修理维护。所以你猜，时间到底站在谁那边？"

海光循着声音，看见了几个衣衫褴褛的身影在地上捣鼓。

"但是，头儿，我们和缸人对峙了几百年，现在要是把这最后一个可以供能的电站炸了，他们不会真急眼了，把电脑控制的病毒库打开吧？"

"你傻啊！对峙能平衡那么多年，也不仔细想想为什么？他们不敢放毒！缸人自己也会被感染……相反，如果我们放任不管，等到这座核电站彻底被修复的那一天，他们有了足够的电能完成意识上传，缸人就真无所畏惧了！那个时候……你，你，还有你，包括我！我们都得死！"

海光眯起眼睛想看清楚那几个人，从肢体语言看出来，"头儿"越说越激动。海光连续按压了颈边的通讯器三次，这个动作是和岚婷约定好了的，代表他虽然短时间内无法通讯，但暂时安全，让她保持待命不必担心。

然后他又饶有趣味地听下去。

"但是！头儿，据说大争论之后的战争里，核弹能摧毁一个城市。等会儿这核电站要是爆炸了，我们能逃掉吗？"

"这问题够蠢……你现在真一点书也不看啊？"头儿在四五个人中间显得趾高气扬，"虽然核弹和核电站里都有铀或者钚，但含量差太多了，前者有90%以上，后者只有3%。我们要做的只是炸毁水循环系统的主泵，这样，冷却水就不能带走核岛产生的热量了。"

"……为了不被缸人的中枢电脑入侵，所有大陆都颁布了电子禁令，我们这种平民出生的，哪有机会获得知识啊？不过……我们有头儿就行了，知识渊博，又愿意给我们讲。你说炸了水泵之后，核燃料的热量就不会被带走，那然后呢？"

"马屁拍得倒是勤快！核燃料跟我们平时烧的东西都不一样。碳和柴越烧越弱，而核燃料越烧越烈。如果热量不被带走，链式反应就会失控，堆芯裸露在空气中，最后被烧成熔融状态。那样的话……"

头儿的手下似乎想通了一个很复杂的问题，一脸兴奋道："那样的话……核电站就不能用了，缸人没有充足电能完成意识上传……"他皱眉想了好一会儿该用什么词语，"数字文明也就完蛋了！他们是一群永远泡在缸子里的废物！任我们摆布！"

海光尽量压低自己的呼吸声，细细观察着眼前的一幕。

尽管根据仅有的信息，他无法弄清"缸人"究竟是谁，但面前这群原始人装扮的家伙，显然是为了一个巨大的"阴谋"而来。可他们的装备又显得那么寒酸。防身的工具是插在腰间的铁镰和手中一些生锈的铁戟。衣服已看不清颜色，皱巴巴的布料被污渍粘了一身，一群人聚在一起还不如中世纪的农奴。而这幅画面中唯一超越铁器时代的存在，就是他们手中正在捣鼓的炸弹。灰色的结实弹体，是水泥拌钢筋凝固成的，雷管横出一截，就像一只蛀虫从水果里探出身子。

这种简陋的氯酸盐炸弹，大约也是大争论之前久远时代的产物了。海光感到不解，从登陆到现在，他目之所及，除了那些无法解释的石柱外，一切都远比祖先离开地球时落后，难道这些年间发生了不可抗拒的灾害，让人类文明出现了倒退？

"唉？你怎么哭了？"

"头儿，抱歉。我太激动了。我的弟弟，当初就是被黑云电脑诱惑，说什么可以通过算法预测人一生的命运，保证他永远衣食无忧。于是他加入了倒戈的部落，最后……"

"别哭！炸毁他们的能源之后，迟早有一天，我们还得毁了那台计算机！"

"对！为你弟弟，和许多有着一样经历的苦命孩子报仇，我们要杀光所有异类！"

"彻底把数字文明逐出人类世界！"

残破的内室充斥着刺耳的讨论声，没人注意到虚掩的门后，一只黑洞洞的发射装置伸出，准心对上了一颗头颅。

海光拿着武器从门后走出来。

"虽然……我也不知道你们跟'缸人'有什么仇，但你们的计划，怎么听都觉得要死好多人。"

"农奴"应声回头，虽然他们和海光隔着巨大的技术鸿沟，但自从人类有了战争这个概念之后，所有武器都惊人地相似，也惊人地容易辨认——出现在敌人手中、最具杀伤力的武器正对着自己。面对海光，他们很快意识到了自己的处境，提起了警觉。

"你是谁？"

"我只是个路过的回乡旅人，但实在看不下去了……你们抛弃知识、文化和科技，还想把别人的一点技术成果毁了，怎么听着都有点……"

可还未等海光的这句话落下，他就感到喉间传来的冰冷金属触感。

"怎么听着都有点可悲？"一个低沉的男声接上他的话，"你说我们抛弃了知识文化？所以我问问你啊，回乡旅人，有一句充满知识文化的成语——螳螂捕蝉，黄雀在后。用来形容此刻的状况是不是还挺恰当？"

海光呼吸一滞，没想到这群原始人还有同伙，大约这个男人早发现了自己躲藏的踪迹，只是暗中观察自己的动向。从他挟持自己驾轻就熟的程度来看，绝对是个难缠的对手。

尽管拥有强出百倍的武器，但脖颈被生锈铁器紧紧抵着，只隔着薄薄一层的皮肤就能触及动脉，海光还是无力地垂下双手。

可就在这个时候，一个冰冷的声音带着强大的压迫力从头顶传来——

"究竟谁才是黄雀，还没有定论呢。"

中枢计算机升级完成，随着"吱吱"的声音，室内无数黑森森的发射口转过来对准了这群"原始人"。

西奥多（三）

好望角的碎石滩边，太阳走到了西边，体感变得燥热。这是印度洋与大西洋的分界线，顺着好望角一直延伸到无限远的远方，两边的海水盐度和温度截然不同，却在这里交汇成一体。岸边的木桩上拴了一只红影木做的船，只能乘坐2个人。但即使是这样的船只，在技术倒退至此的当下，也是精巧的稀罕物。

西奥多尝试解开拴船的绳子，却发现因为连年累月的腐蚀，绳结已经变得朽烂，粘连在一起无法分开。

"刀呢？"父亲问。

西奥多将猎刀递上，父亲娴熟地将刀抽出割断绳子，将剩余的残绳抛入水中，不一会儿它们就被浪卷入海深处。

"怎么把绳子扔了？这艘船不要了？"

"你是御火人，为了点燃圣火，为了预言之舟的归来，你连命都可以不要。"

西奥多撇撇嘴，"好好好……那至少把猎刀还我吧。"

"本来就是我的东西，现在物归原主了。"

西奥多无可奈何地摇摇头。他们合力把小船拽入海水中，与浪潮推搡了几个来回。等到海水没过腰部，父亲就跳上了船，在舱内站定，十分自然地向儿子伸出手——

可西奥多没理睬那双手，自己撑住船舷向下发力，船重重地摇晃了一下，他的两腿和重心便缩入船舱。

父亲似乎没有在意，自然地收回手，又向他递去桨。

"喏，接住。"

"怎么只有一支桨？你的呢？"

"我有肩周炎。"

"……要去的地方不会太远吧？"

"真实和虚幻的连接处，光之域是个岛。"

西奥多顺着父亲的手指望去，视线尽头若隐若现出现一个小点，蒸腾的水汽让它看起来遥远而缥缈。

"这么小的船……能去得了吗？"

"可以的，你离开家以后，我经常去。作为御火人，我需要守护祭坛和所有圣火，确保它能被顺利交接到下一任御火人手上。"

"结果就交到我手上了……也算你倒霉。"西奥多讪讪地说。

西奥多在船尾将桨当作橹一样摇着，朽木般的船如同一条灵巧的鱼，在水里活了过来。

"你怎么不问我，为什么要这个时候回来？"

"比起这个，我更想知道你为什么要离家出走，一走就是9年？嗯？"

"母亲死了以后，我始终想不明白，究竟是什么力量让你们守着古旧的传统，放弃科学，宁可被愚昧害死。所以，我暗暗下定决心，要去看外面的世界，看看是不是地球上的所有人，都信仰什么闪烁之神，甘心退化成物质的奴隶。"

"……那么这些年，你都看到了什么呢？"

"出人意料，闪烁之神是一个全球范围的迷信。从这里到欧亚大陆，都有闪烁之神的传说，都有御火人的存在，连传说中预言之舟回归的日子都是一样的。"

"那让我来猜猜，看见这一切的你，也开始怀疑闪烁之神是否真的存在，于是你在带着试炼之印证回家，为的就是点燃圣火，亲手揭开困扰多年的谜底吧？"

渐渐起风了，小船摇晃不止，西奥多不得不降低重心才能在船尾站稳，带有海草咸腥气息的风把衣摆吹得猎猎作响，他将这些年的回忆倾倒了出来：

"对。在欧亚大陆最大的城市，技术没退化得那么彻底，还能看到轮子和织机，信息保得也比较完整……我在那里的资料馆待了一天一夜，明白了当初母亲浑身抽搐到无法呼吸，是因为破伤风梭菌分泌的痉挛毒素，而不是因为恶魔黑云向她眼睛吹了一口看不见的辛辣之气！"西奥多的语速渐渐变快，"当时能救她的是一支抗毒血清！而不是闪烁之神听了我们彻夜的祈祷，对准她额头降下治愈的冰露！"

父亲只静静地在风中看着他不作答，西奥多激动地说下去："所以……我不管刚才在祭坛看到的是什么，也不管三百多年前究竟发生了什么，我只看到了你的愚昧，闪烁之神在我心里就是一个传言而已！他是假的！"最后一句话他几乎是吼出来的。

父亲叹了一口气，半晌，缓缓答道："但什么是真，什么又是假呢？年轻的时候总是黑白分明，等你娶妻生子就明白了，只有笨蛋才会把真真假假分得那么清楚。"

父亲只是在船头静默地坐着，远眺天边的几朵积雨云，它们逐渐聚拢，带来了一片阴暗。伴随着一阵急切的气流，温度骤降五六度，这是典型的下沉冷锋。在他们头顶的高空暖气团被冷空气渐渐抬升，而暴风雨就在冷锋之后。

"今晚闪烁之神会降临大地，如果你真有那么多抱怨，不妨向他当面讲。"

父亲说道。

S912（三）

S912用冰镐狠狠砸入冰壁，试图以此降低自己的滑坠速度，但还是伴随着雪块掉到了最深处。抬起头，阳光穿过冰川四壁的裂缝照射下来，呈现出柔和的冰蓝光泽，而裂缝深处却是幽静而清冷的，像极了中世纪教堂的墓穴。

S912集中注意力尝试了一下，他无法凭着主观意愿脱困，也无法终止地图运行，他活了那么久，还是第一次出现这种情况。

地图确实越来越逼真了……

于是他开始尝试向上攀爬。

终年沉积的数十米的皑皑白雪，被重力渐渐压实，形成了坚硬的冰壁。S912很快就理解了为什么在物质世界里，探险者坠入冰川裂缝就意味着死亡。冰镐和钉鞋都太无力了，他每次只能攀附着突出的结构向上爬三四米，很快又会因为体力不支而滑脱，再次坠落到底部。

记不清多少次下坠后，他仰面躺在地上，剧烈运动导致汗水把身体浸了个透。在低温环境下出汗是非常糟糕的，四肢末端被冷却的汗水带走了大量热量而渐渐失温，变得麻木起来。他看着自己哈出的白气逐渐升起，形成一缕逃逸的青烟。

为什么偏偏要和这张地图过意不去呢？这下好了……可能在大擦除之前，会先冻死在这里。

死？

他重复了一下这个新鲜而陌生的想法。

物质世界里的祖先为什么要拼命攀登呢？

据说在外部的物质构成的世界里，地球上一共有14座8000米以上的山峰。有一群疯子，在能源技术尚未步入核时代的时候，立誓要完成登顶这14座山峰的成就，而最后他们中只有不到一半能够活着爬完所有的山。

王尔德说，所有的乐观都来自恐惧。S912想，那是不是所有的活着，都来自死亡呢？

随着时间的推移，太阳高度角变小了，越来越少的阳光射入冰裂缝，温度急剧下降，他挣扎着站起身，想给自己一个体面的告别仪式。

但这时他发现……冰裂缝的亮度，并没有因为太阳高度角的变化而下降太多。

他残存的理智马上告诉他，这很可能是因为头顶的缝隙并不是光线的唯一来源，冰裂谷的底端有另一个开阔的出口，他还有出去的机会。

海光（三）

对峙中，海光被中枢计算机救下，那些野蛮的"原始人"也被关进了封闭的空间。

他再次回到海边，双脚陷入一片泥泞。海水随着浪潮退下去，露出龟裂的盐碱滩涂。他轻轻触摸着那些海边石柱，冰冷的温度从掌心传来，莱姆石、白垩为主的柱体上，朴素而没有任何装饰。

冰冷的声音又从四面八方传来：

"刚刚我正进行系统升级，差点被他们扑了空，谢谢你救了我。你说你是个回家的旅人？"

"是的，"海光答道，"500年前，一支人类离开了地球，建立漂流文明。我是他们的后裔。"

"500年前啊……巧了，500年前发生了大争论，也是我们'数字文明'确定'信息'作为发展方向的时候。如果我没猜错，你的祖先应该是因为大争论才走的吧？"

"是的，一切的起因都是500年前的那次科技革命。香农定理、摩尔定律的极限相继被打破，信息技术有了飞跃；同时，舱内生态循环装置和能源技术的成熟，让长距离迁徙和太空移民成为可能。但是，和过往的科技大爆炸一样，这一次，科技革命也带来了数不尽的社会问题和环境问题。"

"大争论啊，"那个无处不在的声音接道，"'大争论'的母题就是在这样的背景里诞生的——面对艰难的生存境况和种种矛盾，信息、能量、物质，三者中究竟哪个是人类生存之根本？这原本是一个纯粹哲学层面的讨论，却因为政客和利益集团的参与，三方观点的持有者最终变成价值观上的敌对，甚至引发了战争。"

"我们的祖先相信'能量'，能量蕴藏在深空之中，所以他们选择了离开。"

"在我听来毫无逻辑，利用'能量'为什么一定要离开地球呢？"冷酷的声音反驳道。

海光摇头，"每一次人类探索未知疆域，都意味着能源使用方式的进步。百万年前，直立人、尼安德特人、丹尼索瓦人分别走出非洲，他们渐渐学会使用火；而大航海时代对新大陆的拓展，带来了新的资源和新的生产关系，又推动了人类进入蒸汽时代和电气时代。只有走得更远，我们才能掌握新的能源。而停滞不前和安于故土，只会导致内耗和资源'内卷化'。中国历史上的江南就是个例子。于是500年前，还是化学燃料的时代，我们先选择了移民火星；后来又造起庞大的太阳帆，离开了太阳系；在那之后，为了走得更远，猎户座核引擎、反物质引擎相继被发明，我们也终于有了可以容纳整个文明的巨型母舰。在母舰上，文明主体发展兴旺，无数次级星舰又被分裂出来，继续探索未知世界。而现在我们有了黑洞引擎……"

那个声音打断道："'最美的风景，不要去遥远的地方寻找，它早已存在于脑海。'这是我们祖先留下的箴言。他们选择了'信息'，我们坚信人类文明发展到一定程度，必然会脱离对外部世界的依赖。就如同一个博物馆，宝贵的不是石头和破布，而是石头上的字和织物上的画。人之所以为人，并不是因为血肉之躯，而是因为他的思想。我就让你看看，你们究竟错过了什么吧……"

话音刚落，海光所触摸的石柱发出了"咯咯"碎响。从底部到顶部，一条裂纹迅速贯穿石柱，如同有重锤狠狠砸过一般。

少许白垩的粉末落在海光肩上。

"小心！"岚婷在通讯器那一头惊叫。海光下意识地退后了几步，离开柱体直到一个安全距离。

但意料之中的坍塌并没到来，顺着那条裂缝，更多缝隙像树杈般生长。柱体表面像板结的石膏一样，被地心引力一块块剥落，簌簌坠入海水中。

"远离它！做好防冲击姿势！说不定是个炸弹！"

"你就不能早点说吗？！"海光大喊着迅速趴下，夹杂着颗粒的海水溅到皮肤上。

他没有合紧嘴巴，一口海水灌了进去，咸的。心里却有个机关被触动了，海光出生、长大的星舰上没有海，却有无数和海有关的故事。教科书里写过，人的眼泪和血液之所以是咸的，是因为生命的起源就在海里，海是咸的。

他之前只尝过眼泪和血，今天尝到了海水。

岚婷的声音又响起：

"那个柱子……它好像裂开了。"

海光从浑浊的海水里抬起头，发现粗糙的莱姆石外壳剥落后，出现了一个光滑透明的内胆，而内胆里的是……

看清楚的一瞬间，他心跳停滞了一拍——

——人，那是一个人！

苍白，消瘦，在不明液体里浮浮沉沉。

和海光这种受过训练的健美人体完全不一样，那个躯体四肢纤细到病态。不知是因为天生畸形，还是后天肌肉萎缩，小腿胫骨仿佛可以被一张薄纸直接裹住。硕大得诡异的头颅戳在干瘪躯干上，五官比例倒是正常，但他两眼紧闭，白皙得几近透明的眼睑痛苦地皱起，似乎正在经历一个梦魇。

"活的？"海光一脸嫌恶地靠近，用蜷起的指关节叩了叩透明的内胆，似乎像在敲门。

冰冷的声音再次响起：

"作为客人，你还真是没礼貌。"

海光触电一般把手收回，四下张望。

岚婷说："石柱。从震源来看，每个石柱都在发声！"

人形的躯壳依然双眼紧闭的漂浮在液体中，更没有开口，海光不禁好奇起来。

"你……是怎么说话的？"

"说话一定要靠嘴巴吗？"

"不然呢？你嘴巴只是用来吃饭的啊？"

"我们进人也不用它来吃饭。"

"进人？你们管自己叫'进人'？你还很熟悉插科打诨那一套。'不用嘴巴吃饭？'你什么意思？"

"字面意思。嘴巴、耳朵、眼睛我们早就不需要了。四肢也没什么用途了，如果严谨一些的话，恐怕还可以加上一些脏器，比如胃、肺、肠道……"

"等等，那你们还需要什么？"

"进人只需要大脑。"

"你在说什么疯话？那我要叫你大脑先生？Mr.B？还是……脑脑？"海光将手掌压在透明内胆上，身子前倾压覆在圆柱体缸上，似乎想用咄咄逼人的气势压迫缸中人，但缸中人无动于衷。

"别看了，那个肉体不是我。"

海光将身子从缸体上撑起来，回过头四下张望。

"那你是谁，你在哪里？"

"我也是进人的一员，叫作08……"

"等等……08？这不是个名字吧？"

"名字的意义是为了区分个体，如果用特定序列的数字来命名，可以保证唯一性和可溯源性，比你们滥大街的名字靠谱多了。"

"话是这么说没错……但每个人的名字都是父母对自己的期望，你爸妈……也太随意了吧？"

"我没有父母。"

"所有人都有父母。"

"这是退人才会有的观点。如果你非要问我的父母……那就是中枢电脑吧。在它的安排下，我们被人造子宫生产出来，出生后就在石柱中与它相连，每个人的数据都在系统中保存、运行，我们的诞生就是为了享受极致的体验，比你们的生活强太多了。"

"什么乱七八糟的？不是原始人就是疯子，能不能把正常的人请出来？"

岚婷此时提醒道："海光，说话客气一点。"

神秘声音又传来："还是女孩子比较懂事。你女朋友？"

"不是！谁会找她当女朋友？"海光下意识地否认道，又马上觉得不对劲，"等等，你怎么听到了她的声音？"

"电磁波。虽然你们利用能源的能力和远程航行技术非常卓越，但似乎信息处理、传递、交流技术还是低效的。恐怕这种技术水平，连登陆时的黑障都没办法避免吧。相比之下，我们的传感器和信息传送技术要高明许多。根据红外辐射的变化，你这是脸红了？"

"我没有！少自作聪明可以吗？"海光暴跳如雷。

"哎？好像女生的脸也红了……"

几乎是在话音刚落的一瞬间，海光耳机里传来一声尖叫："胡说！我在同步轨道上！隔那么远怎么可能感受到红外辐射！"

"嗯，没错，你很聪明，我确实无法感测到……不过……从你说话的反应来看，我判断得好像也没错？"

海光揉了揉太阳穴，一副无可奈何的样子。

"真是蠢得可以啊，岚婷！"

岚婷清嗓子，更像是在转移话题："不过……你们手脚被供给系统的管子束缚，不能生存在空气里，这样活着又有什么意思呢？"

"你们身体被现实束缚，不能生活在无限时间和无限可能性里，这样活着又有什么意思呢？"08回敬道。

"活在无限的时间里？你的意思是……你们寿命延长了吗？"

"没有，个体的寿命平均是30年。"

"我们漂流文明为了去更远的地方，可以利用人体冷冻技术把寿命延长到几百年！30年叫什么无限的时间？"

声音沉默了一会儿，缓缓开口："虽然时间是个客观的量，但人类对时间流速的感受却是主观的。惊恐中的一分钟，也许比睡着的一小时要长许多倍；小时候觉得一天非常漫长，而年龄越大就觉得日子越快。这都是因为神经适应性——当神经适应了外界环境，会进入低速响应期，而新刺激会打破这种适应性。新的信息需要较长时间才能处理，人就感受到时间被拉长了。"

"所以呢？"海光皱眉。

"所以，当我们祖先确定了'信息'是人类文明的根本后，找到了将时间的主观感受拉伸到无限的方法——高速、持续而又安全稳定的信息流。只要通过脑机接口连上中枢计算机'黑云'，现实世界的一秒，我们感受起来就是一天，一周，甚至一年。"

"但那些感受都是假的，是计算机模拟的结果。"

"我们可以在一生之中，读完所有人类写过的书、听完所有的歌、看完所有人类能想象到的风景。而你们，只能在无边际的深空里漂流，短短一生这么一晃就过去了……"柱子里的人顿了一下，"哎，就像你没法向盲人解释什么是'红色'……你们那榆木脑袋的祖先如果能理解数字文明的妙处，也就不会离开地球了。"

海光瞥了一眼柱子里的人体，他苍白畸形的本体仍旧在透明内胆中漂着，比第一眼看的时候稍微上浮了几公分。他环视四周，指着一望无际的石柱林，说道："真是难以置信，所有人，都泡在缸里……"

"也不是所有人，我就不是。作为第一个完成意识上传的个体，我现在没有肉体，思维和记忆都储存在中枢电脑中。"

"意识上传？就是那些原始人阻止你们做的事？"

"我们从出生开始就带着脑机接口，这意味着我们大脑的全部构造、每一个神经冲动、每一次的选择，甚至最细枝末节的回忆，都被记录着。这些数据独立于我们的肉体存在，它们便是数字化的人！将这些数据激活、上传，并带入黑云的算法，就是意识上传。"

海光握紧拳头，困惑极了，"但那只是备份……你的意思是，如果我写下了日记，日记就是我了？"

"如果用日记事无巨细地记录下你的每一个想法、每一个神经细胞的所有动态，那么，日记就是你。"听他的语气，如同解释一加一等于二一样理所当然，"只要能够完成核电站的修复，那么我们就有足够能源和算力，让所有的进人都完成上传，数字文明将彻底抛弃肉体的桎梏，得到真正的自由！"

"你们疯了！一群人泡在缸子里疯了……"

似乎有什么东西抽走了海光的最后一丝气力，他无奈地垂下双手。岚婷突然明白了，原来海光对地球是有一个梦的。而当羸弱的"数字文明"和蛮荒的"物质文明"在他面前相互碰击，这个梦，关于蓝天、大海、勇者、公主的梦"咔嚓"一声破碎了，变成了千千万万个悬浮的苍白躯壳。

她开口试图打破尴尬的沉默："08，谢谢你的讲解，可能我的同事需要一些时间来消化。但我们尊重每一种文明的形态，即使人体退化成这个样子，'数字文明'也是值得敬佩的。"

"不是'人体退化成这个样子'，而是'进化'成这个样子。"08纠正道。

此时海光盘腿坐在海水里，瞪着容器内漂浮的人体发呆。岚婷接着说："好的，进化。我们送上漂流文明最真挚的祝福。那个……海光，傍晚快要到了，捕手号回归星梭轨道已经进入倒计时，你也应该回同步轨道了。"

海光怔怔地起身，做出离开的姿态，但又想起了什么，回过头道："说实话，现在的我比任何时候都更加支持祖先的决定——掌握了能量的使用方式，我们就是自由的。"

他说完，四周便陷入沉默，唯有海浪"啪啪"地打着节奏。

"海光，时间。"岚婷在高空催促道。

"还有最后一个问题。"海光忽视了岚婷的催促，转向08说道。

"问。"

"意识上传结束后，准备怎么处理'退人'？"

"他们也没给我留下别的选项，不是吗？他们一次又一次地来破坏我的设备，几百年来都如此，今后还会是如此。如果不想有一天中枢电脑被他们用粗暴的方法弄坏，我们只能果断一些了。"

"所以……在全体进入数字化之后，你会释放病毒，彻底毁了所有还有肉身的人类？"

08没有否认。

西奥多（四）

海上的风浪已经大到了危及生命的地步，船被推送上浪端，又被狠狠地摔下，西奥多感到内脏也撞成一团。

海浪遇到峡湾，开始不停地翻涌，而恶劣的天气让这一切变得更糟。在陡峭的岩壁下，波涛断裂拍出的浪花可以飞溅到十米开外的小船上，预示着水面之下的无数涡旋和暗礁，随时可能把红影木船碾成碎渣。

"现在靠岸就是送命！"很快狂风吞没了西奥多的声音。

"如果你真的害怕，今天就不该带着试炼之印证回来。"

"不能晚一点上岸吗？"

"不能，圣坛的火要在傍晚点燃，时间不多了。"父亲和风雨搏斗，给出的回答没有质疑的余地。

"我为什么要听你的？"西奥多停下了手上的桨。

"我从小就这样教你，也这样教威廉，一个男人应该承担起他的责任。没人逼你做御火人，这是你的自由选择。从你带回试炼之印证的那一刻开始，你就要为此负责。"

"那你呢？！你现在已经不是御火人了，为什么还要跟着我一起送死？！"

"因为我是你的父亲，教育自己生出来的家伙，这也是责任，对儿子的责任！"

"责任？"

"是的，责任。在你小的时候，我没有照顾好你母亲，对你也疏于照料……"父亲从狂风骤雨中转过身，西奥多愣住了，"现在的你令我骄傲，儿子！我亏欠你一句道歉，我希望它来得不算太晚……"

西奥多感觉心里被什么狠狠撞击了，这和船只的摇摆无关。他没有想到在狂风怒号的此刻，在远离大陆风雨飘摇的海面上，父亲说出的话，是他前半生里从没听过的……他心里的一个结扣似乎松动了。

一个浪头拍来，狭小的船舱里进水了，两个人的重量加上风雨飘摇的海面，船正以肉眼可见的速度下沉。

但，那又有什么关系呢？

他看见父亲顶替上自己摇桨的位置，全力划动，想把船靠近峡湾。

"老头子，你不是有肩周炎吗！"

"骗你的！年轻人划船，老人家悠哉地看风景，这不是自然规律吗？"

父亲爽朗的声音穿过了风雨，直达西奥多隐藏在内心深处的那个斑鬣狗和野兔林之夜——原来，他还是那个不知所措的小男孩。

听到了父亲的声音他就什么都不怕了。也许，那么多年他想找的答案根本不是闪烁之神的存在……而是父亲的这句话。

"我不仅没肩周炎，还比你想象得结实多了！等今天结束，你乖乖接了我的班，我就要离开埃尔斯部落。我要往东走，靠近太阳升起的地方，那儿的水草更加丰美。我要击败那里部落的首领，迎娶他们最漂亮的女人，她会为我生下许多后代。看好你的女儿，同姓之间万万不可通婚……这是闪烁之神的旨意……"

父亲规划着未来，同时又在与过去的什么东西进行交割。

"你是老糊涂了吧？说过的话又重复一遍。你老了！你做不到这些了。省省吧，正好我需要一个助手……"西奥多脱下上衣，用厚实的帆布料子围成一个袋子，双手持着，将海水一兜一兜地向船外倾倒。雨点和飞溅的海水打在脸上，他分不清楚究竟哪个更加疼一些，但动作依旧轻快而迅速。

"我没听错吧，做你助手？"

"对！助手！我早不是单手就能提起来的小崽子了，现在的我力气比你大，箭法比你准。接过你的班你可以放心，虽然你说的那些闪烁之神啊预言之舟啊的理论狗屁不通，但我也会勉强担起责来……因为你似乎还蛮看重它们的！"

西奥多笑了出来，重新审视了一下自己的处境——在一条生死未卜的船上，去执行一个异想天开的任务，有一团莫名其妙的火等着他点燃，此时还因为往船外排水而感到体力透支——但他感受到了肆无忌惮的快乐。

父亲大笑着摆摆手说："助手！小子！这实在是太丢人。如果让我当顾问，那还可以勉强接受。"

西奥多刚想开口反驳，一阵猛烈的晃动袭来。

咣——一声巨响，下击暴流掀起风浪，小船被甩到礁石上。西奥多因为愣神忽略了周遭的危机，没来得及抓住船舷，冲击把他甩出船外。

一瞬间，冰凉咸涩的海水占据了他的感官。他不再听到风声，而是被巨大的旋涡拖拽到水底深处。唯一能做的只有屏住呼吸，他也想用双手抓住一些可以固定的东西，却只有流体从指间划过。

迎面而来的是海流中夹杂的碎木块和碎石块，它们在黑暗中碰撞着四肢，提醒他自己还活着，但西奥多明白其实也活不久了。

成年人可以在水中闭气3分钟，超过这个时间，大脑会失去意识，呼吸道被迫打开吸入海水，肺部进水意味着溺毙。当然也有别的可能——在溺死之前，就先随着乱流被礁石砸烂，这样的话，寿命可能就剩下不到3分钟了。

西奥多沉沦到了意识的边界，突然他感到一双手从他腋下绕过肩膀，熟悉又陌生，结实又老迈。有人牵引着自己向上，一直拖到有微光的地方。

看来，刚刚的话还是说早了……那么多年过去了，自己居然还是那个用手就能提起来的小崽子。

他这么想着，安心地把自己托付给黑暗……

等西奥多再醒来的时候，雨已经停了，他平躺在目的地的岛屿上，后背的触感是阴冷潮湿的石块。他松了一口气，但下个瞬间，却又被遍布全身的剧痛折磨得皱紧了眉头。

"你的伤口我检查了，都是皮外伤，不会出人命的，我就不帮你处理了。"父亲的声音传来。

西奥多心想父亲果然还是老样子，对自己的儿子特别心硬，巴不得他们都是睡一觉伤口自动愈合的怪物。可是当西奥多一抬头，吐槽的欲望就烟消云散了。

父亲坐在一块礁岩上，保持着上半身的僵直，头微微下垂，把苍白的脸埋在阴影里，从胸腔的起伏看得出他呼吸急促。就像被捞出鱼缸的一只金鱼，四周都是空气，却怎么也呼吸不到。

父亲对上西奥多的目光，勉强用下巴指一指左胸，"撞在石头上，肋骨断了。"

"不要乱动！折断的肋骨刺穿肺叶的话，会让内部出血，压迫周围脏器，你会死的！"

"我没动。"父亲低声道。

"现在风和雨都已经停了，我把你送回去……"

"即使我活着回去，又能怎样？医疗条件我知道的，当年夺走你母亲的，今天一样可以夺走我。"

西奥多沉默了。

海上的雨幡飘走，天气渐渐晴朗起来。太阳从云层间隙里透射出橘黄色的光——快要日落了。白昼和黑夜的交替在自然界里如此迅速，它不会顾及人的生老病死，更不会顾及有些心结刚刚解开、有些问题刚刚得到答案。

"去岛上最高的地方，那里有一扇门，打开那扇门。你……咳！咳！"父亲的嘴角沁出一丝淡红色的血沫，西奥多知道他无法捉住一条即将消失的生命，就像无法捉住流星的尾巴。

"然后呢？"他追问。

"你走进去会看到闪着荧光的操作界面，有语音提示的，按照指示……就可以切断兰亭供电系统，将电源接入整个照明电路。"

"照明电路？！"西奥多不相信自己的耳朵。

父亲从贴身口袋里翻出一个破损的透明球体。

"你还记得这个吗？也许因为身边没什么跟你相关的物件吧，我就留下来了……"

西奥多一眼就认出来了，那是7岁的自己在那个迷路的夜晚，从铁杆子上摘下的透明"水晶球"！

"御火人一直守护的圣火，就是它……"父亲的额头渗出细密的汗珠，这意味着他正忍受着剧烈的疼痛，"闪烁之神还在人间时，亲自挑选了第一批御火人，和他们一起铺设供电系统，把无数这样的灯安装在世界的各个角落。神与御火人定下了契约，待他离开大地后会留下法力，通过黑匣子的闪烁泄露天机，让御火人的部落未卜先知。而作为回报，御火人世代传承他的秘密，守护圣火。他离开前曾告诉我们，342年之后的今天，预言之舟将会再次降临，我们要做的就是在降临之日为他点燃圣火。"

"你的意思是……闪烁之神真的存在？"

父亲艰难地点点头。

"你所看到的一切，哪个不真实存在？圣火、神谕、光之域……只不过，虽然我们御火人传承闪烁之神的丰功伟绩，却也为他保守秘密，他的身世、他的过往、他的动机我们都讳莫如深。"

"我真的不明白……他为什么要这么做？弄了那么多的规矩，又是御火人，又是世代传承，只为了点亮几盏灯？有什么人会这么做呢？"

"我不知道……也许，闪烁之神也和什么人有个不能违背的约定吧……"父亲道，他已经很虚弱了。

"父亲！"

"是啊……你倒提醒我了……这一辈子……我从来没问过自己这个问题，费那么大劲，就为了点亮那些灯……到底是给谁看呢？……哪个疯子会这么做呢……"

父亲在问西奥多，又是在问自己，但他似乎并不在意能否得到答案。话语随着微弱的气息一齐吐出，就缓缓闭上了眼睛。

太阳要下山了。

西奥多背对夕阳，将父亲失去生命体征的身体放平。

"又是哪个疯子……自己快没命了，还要催着儿子完成仪式呢？"他小声念叨着，背脊上传来的温热渐渐消逝，他知道这意味着点燃圣火前的时间不多了。

人就是这样奇怪，几个小时之前，西奥多还觉得御火人的职责愚蠢至极，现在却是他愿意用生命去完成的承诺。

所幸这是一座不那么大的岛，刚才受的伤也不算太重。西奥多简单包扎伤口后，就手脚并用攀上布满鸟巢与鸟粪的崖壁。果然如父亲所说，最高处有一扇凿在山体上的门。他推门而入，室内与他熟悉的世界截然不同，全是电线和电子屏幕，机器转动有细微的轰鸣声。

这里鲜少灰尘，似乎父亲经常打扫，一切被料理得井井有条。检测到有人进入，最大的屏幕亮起，显示出一行字，同时伴有机械男音响起。

新一任御火人，你好。我是兰亭服务器大陆南部沿海地区的控制中枢。

是否确认点燃圣火？

提示：确认后，大陆南部沿海地区将切换为照明模式，停止向兰亭服务器供电。

西奥多犹豫了一下，"服务器？指的是山洞里那些黑色的、会闪烁的盒子吗？如果……'停止向服务器供电'，会发生什么？"

是的，那些黑盒子就是兰亭世界的服务器，切断了它们的电源，兰亭世界就不得不大幅度缩减算力。大部分服务器将进入一小时的休眠状态，会有相当大的一部分液态存储数据丢失，绝大多数兰亭居民的数据将被抹去。

"你说的大部分意思我都不懂。人的数据被抹去是什么意思？"

在兰亭世界，就是死的意思。

西奥多皱眉，果然，第一天成为御火人，在没有搞清楚的状况下被委以重任，确实不是一件容易的事，他现在能够做的，只有再谨慎一些。

"会有人死？什么样的人会死？"

数据抹除是随机的，所以仅会随机留下5%的人口，但介于兰亭世界居民的特殊性，这5%的人口会迅速复制和演化，数字文明会顺利存续。

"那……"西奥多想了一会儿，"虽然我不懂为什么那些盒子里会住着人，但我希望活下来的那些人不是随机挑选的，而是找到真实的成就。"

过了一会儿，机械男音再度响起：

> 收到，亲爱的御火人。应你的要求，筛选幸存者的机制修改为达成'真实成就'的人。我已拟好向兰亭世界集体发送的广播，将在地球时间19：44：59发送——'亲爱的兰亭居民，抱歉地通知大家，为了满足外部世界供能需求，兰亭世界不得不大幅度缩减算力。大擦除定于今夜进行。届时——'

"等等，"西奥多打断道，"19：44：59发送通知？我记得点火时间是19：45，对吧？只给他们1秒的时间，够做什么呢？"

> 足够了。兰亭世界是由算力和信息构成的，在那个飞速运转的世界里1秒相当于1天了，能在1天的时间里找到'真实的成就'，就会成为数字文明的传承者。

西奥多依旧不明白，但在这一天中他经历的事，又有几件是能想明白的呢？人类进化到今天，又有几件事情是自己能够事先想明白的呢？……就像他想不明白"闪烁之神"降临之后会为他们带来什么，但他相信草原上的未来不仅仅属于羚羊，还属于猎豹和他的族人。

"好，就按照你说的去做。我，西奥多·埃尔斯，作为大陆东南沿海第26代御火人，确认点燃圣火。我将带领我的子民恭迎预言之舟的到来，愿闪烁之神带我们走出迷茫，赐予永恒的安康。"

他念出这些话，眼前仿佛又看见了父亲。

S912 （四）

S912在9000多岁的生命里第一次感到寒冷。从前他只知道立毛肌是什么，从未起过鸡皮疙瘩，但今天他冻得感觉不到自己的鼻子、耳朵和每一根汗毛。

在一处较为平缓的冰壁上，他正缓慢向上挪移。冰镐打进头上方的冰里，碎裂的冰碴脆生生地落下来。现在已经是下午6点多了，距离大擦除的时间还有1个小时。以现在的状态，别说爬到山顶，他都不可能从冰裂谷里出来。

太阳只剩下一点边角料了，余晖照在上方的冰壁上。

S912想看看兰亭世界里最后的夕阳……这夕阳陪着自己走过了9000多年，也曾经照射在每一个古人身上。

可是当他眯起眼睛去聚焦那一抹阳光，目光之极限停留在头顶的一线天，冰裂缝的边缘上似乎出现了一棵树？S912怀疑自己有了雪盲的症状，于是他闭眼，良久，再张开。

没错，那是一棵树，一棵槭树，华盖像火一样在冰裂缝的顶端燃烧。

一种不知因何而起的冲动让他想凑上去一探究竟。

"这不科学。这不是幻想地图，写实地图里的引擎严格复刻了物质世界的规律，槭树没办法在这个高度生长。"S912自言自语道。

他将冰镐再次挥入冰壁中，双脚小步向上移动，直到肩膀跟低处冰镐的镐头齐平，两只鞋上的冰爪踢入冰中，牢牢将重心吸附在高处。而这一系列动作也大幅度消耗了他的体力，高原带来的缺氧让他四肢和意识都出现懈怠，不得不时地停下动作大口喘气。

思绪完全不受控制，他想起了希拉里台阶。这一著名而陡峭的岩脊是通往世界最高峰的必经之路，在大争论之前，曾经断送过几千条的性命。据说他们的尸体因为无法被运下8000米的高度，至今还停留在山上，皮肉已经完全革化。

而今天，兰亭世界里几十兆人都要死，不会留下一具尸体，一滴血。

所以，哪个故事更加血腥？

"喂，需不需要搭把手？"一个声音从上方传来，S912循着源头看到了一个模糊的人影。K1289888出现在冰裂缝边缘，高山和寒冷对他没有丝毫影响。

S912看到老朋友的到来，显得疲惫而兴奋。

"怎么样，你找到'真实成就'了吗？"

"没有，我的10个分身翻遍了20000张地图，所有和真实世界有联系的地图，我都翻遍了。没有。"

"至少最后一天你过得挺充实。"S912戏谑地说。

"你可真乐观。"

一条绳子从高处甩下来，S912将它与自己腰间的挂环绑定，又拉拉绳索示意，渐渐地，一股向上的拉力传来。

"你怎么就这么点儿劲？"S912向上喊。

"我也不知道，好像……好像物理引擎发生了变化……我拉不动你。"

S912只好在此之外，也依靠自己的力量向上攀登。

他们的距离渐渐缩短，S912看见K1289888摇了摇头抱怨道："那个疯子死了那么多年，到今天还把我们所有人都折腾疯了……你知道我都看到了什么？"

"看到了什么？"

"我到了外事局，那里是做什么的，你知道吧？记载着外部物质世界的所有数据，并且用它们预测外部世界会发生什么，最后再以摩斯电码的形式传给物质世界的人。在那里，我看到了从100多年之前开始，物质世界的照明系统就进入启动程序的准备阶段。为了这个庞大的工程，有人不惜为此付出生命。我甚至在影像资料馆里亲眼看见了10年前一对非洲南部的父子，为了到达照明系统控制中心，驾着一艘小船，冒着狂风暴雨出海。"

"后来呢？他俩怎么样了？"

"父亲死了，儿子到达了控制中心，介于他们的一瞬就是我们的一天……大约现在他已经发出了点火指令吧……从极北之地到炎热的沙漠，几十年来，这样的故事一直在发生，成千上万的御火人都在行动。"K1289888说着，视线接触到了S912裸露在空气中的手，"等等，你受伤了？"

"是，不碍事的。"

"这是怎么回事？冻伤？兰亭世界里，不应该存在这种设定啊……"

在K1289888晃神之间，手上一个不吃力，绳子从手中滑脱，再伸出手够，竟发现绳子那头的力道竟突然变得如此之大，自己原本站在冰雪边缘，脚下一个趔趄，也被拖拽下了悬崖。

只有一棵不合时宜的火红的槭树，见证了这一切的发生。

海光（五）

　　海光跳上身边的登陆舱，却没有返回同步轨道，而是又向核电站开去。

　　"海光！你要做什么？！赶紧回来，星梭分裂出的引子马上就要为捕手号施加加速场了！"岚婷在频道里大声警告。

　　"岚婷，抱歉，我有些事情没有处理完。"

　　登陆舱在阳光与海水间穿梭，强大的气流使得平静的海面变得波光粼粼。景色在海光的瞳孔中迅速切换，他忽然有了一丝幻觉……自己的祖先曾经也是这样在滩涂上奔跑，有的是因为被野兽追捕，有的是因为追逐心爱的姑娘。

　　登陆舱最终停在了核电站废墟前。海光径直走到关押退人的房间前，无视铁栅栏内的退人惊异的目光，将激光武器对准焊死的锁头。

　　在08的控制下，此刻所有黑漆漆的发射装置都指向他。

　　"你要做什么？"

　　"我们来谈个条件吧。你放了他们，我会守着核电站修复，直到意识上传完成的那一天……"

　　"海光！你疯了！赶紧回——"海光将通讯器调为单向传输的模式，岚婷的反对被打断。

　　"你有什么资格跟我谈？不怕我把你也杀了？"

"这一套对冷兵器时代的人有效，我将自己的武器和使用方法都留在了登陆舱里，如果我死了，退人可是有手有脚的，而且他们不像我这么好说话……我的要求很简单——在意识上传后的世界里，不要释放病毒，和退人一起在地球上生存。"

"这是不可能的，之前他们一次又一次地来捣毁我们的设备……"08说道。

"是可能的，只要他们把你们奉为宗教就可能。只要他们崇拜你们，敬畏你们，以宗教的名义为你们进行硬件维护——我想这一点一直令你苦恼吧？如果消灭了世界上所有的退人，失去外界的帮手，你的硬件设备只会随着时间推移损坏得越来越多。"

08的犹豫让海光看到了希望。此时，牢笼内几个精壮的退人愤怒地喊道："你还没问我们的意见吧？我们为什么要跟这些残废共享地球？为什么要把他们奉为神？"

"因为当所有进人完成意识上传，他们的整个文明体就只在一台电脑里，不会与你们抢夺资源，不仅如此，还会给你们、你们的后代提供气象和地质灾害的预警。他们拥有强大的感应力和计算能力，甚至能预测农作物的长成和鱼群的出现。"

"他们擅长蛊惑！"退人的"头儿"说道，"信息、科技、预知这套东西，他们会用这些来分裂我们的族人，之前又不是没试过！为了防止被蛊惑，我们已经下了电子禁令，只有彻底毁灭他们，我们才有安宁！"

"我可以做出一些限制，如果他们只能向现实世界输出少量信息、传递低频次的信息流，比如，对特定问题回答是与否，这样一来……就不能挑拨离间了，不是吗？我们一起设计一套交互方法，可以是特定的声音、图像，甚至是只能表达0或1的频闪！进人和退人取长补短，共同在星球上生活下去，这是我唯一能想到的地球文明的出路。"

"为什么你要这么做？"

"我也说不清。"海光低声说道。

"可这个过程很难，你想过吗？如果我翻脸了，随时可以杀了你。"08声线冰冷。

"我们也可以随时杀了你。"退人摇晃着铁栅栏对海光喊道。

"哈哈……看来我们已经有了一个好的开始！至少在杀了我这个问题上，你们达成了共识！"此时海光一手用武器对准铁栅栏内的退人，一手试图解开他们门前的锁。但在这个诡异的姿势下，他居然笑了出来。

昏暗的室内，他通过丁达尔现象的光条感觉到自然光在外界迅速变换，笑声结束后，气氛是凝滞的。他手中的爆破性武器，在能量至上的漂流文明算得上复古，但通过多孔硅和氧气产生连锁反应，威力超过同体积TNT的100倍，依旧可以毁灭半个海滩。

"别这样看着我，我又没在玩花样。"海光熔开铁栅栏，对上了"头儿"疑惑的眼睛。周围剑拔弩张的气氛似乎在一点点缓和，08的声音在此刻响起：

"我有个要求。你的能源，你登陆舱上所携带的能源，我们都要了。这样的话，完成全体进人意识上传的时间就会大大缩短。"

"可以。"海光不假思索地答道，"但我也有个要求，能给我一些独处的时间吗？或者说，你们维持现在的状态不要互相伤害，等我回来就行。"

08迅速会意，没有阻拦海光，让他一个人安静地走向门外。

此刻海上的太阳已经沉下去大半个，倒影随着海浪的翻滚被撕扯成猩红的一片。他将通讯器切换回双向通讯模式，预想之中狂风暴雨般的责难并没有到来。半晌，只有一个哽咽的女声：

"海光，现在还来得及。我以捕手号指挥官的身份命令你！登陆舱就在不远的地方。快回到登陆舱，启动返航模式！"

"哎……岚婷，你……还是老样子啊。"

"……求你了！跟我回去！回到母舰……"

"我们离开的时候就应该有这样的觉悟，即使回到母舰，所有亲人也都已经逝去，既然这样，留在地球又有什么不同呢？"

岚婷的声音因为绝望和哭泣而变成滑稽的颤音："有的，有不同的！至少我们两个的时间轴还是一样的！回来，回来，你还有我！"

海光微微一怔，一时间所有情绪涌上来，在嘴角化成一个苦味的微笑，"……对不起，岚婷。大争论……能量、物质、信息，究竟哪一个才是人之根本？我想这个问题从来就没有答案，我能做的，就是让诞生这个问题的星球继续运转下去。或许，未来漂流文明的人还会路过地球，那个时候他们就能找到答案了。"

通讯器里的女声渐渐停止了抽泣："如果你不走……那……就让我来寻找大争论的答案吧。我会回来的，回到母舰复命之后，我会直接通过下一列星梭折返！时间大约是……"她迅速读取屏幕上运算之后的数字，"342年！"

"如果，你到时候没有找到想要的答案呢？"

"那我就下下次再回来！如果还是没有，就下下下次……"海光看不见岚婷的脸，但仿佛可以看见那双熟悉的眼睛。

"但是……这里可没有冬眠装置，342年以后我早死了。"

岚婷顿了一会儿，缓缓开口，这次终于不再有哭泣的颤音："海光，我一直有个事情想问你。想了很久了，今天老实回答我好吗？"

"好。"

"那次毕业前的定向越野，我昏死在半路的那次，是不是你把我送回营地的？"

"没想到你会问这个……"

"我问你是不是？！"

"你还是一样倔啊……"

"……我就知道是你。"岚婷叹了一口气，"把我送回去了，你为什么还要走呢？直接一起进营地你不也就完成考核了吗？"

"那样的话……我分就比你高了，就没办法跟你一起在毕业典礼上讲话了。"

"……"

在接下来的时间中，他俩没有再说话。岚婷听见那头传来海浪的声音，泡沫和砂砾正一次又一次有规律地摩挲海岸线，雕刻出大自然原本赋予陆地的形状，听着真让人安心。太阳一点点沉下去，颜色越来越红，她被景色美得不敢睁开眼睛，似乎就在夕阳和海浪创造出的宁静空间里，他们一起度过了一生。

海光看了看时间，"引子是不是已经和捕手号连接完毕了？"

"嗯，加速马上开始了。可能再过两三分钟，我们的通讯就会被迫中断。"

"还有两分钟啊……不如……你给我唱支歌吧。"海光愉快地说。

岚婷清了清嗓子，她几乎没有思考，就选定了这首歌，一首地球时代的老歌。漂流文明的祖先几乎删除了所有地球上的音乐，不知为何却留下了这首：

Across the oceans, across the seas,

我飞过宽阔的海洋，

Over forests of blackened trees.

我越过黑色森林。

Through valleys so still we dare not breath,

我穿过令人窒息的山谷，

To be by your side.

是为了回到你身边。

Every mile and every year for every one a little tear.

每英里，每一年，每个人心里都流过一些眼泪。

I cannot explain this,Dear,

我解释不了，亲爱的，

I will not even try.

我也不想解释。

For I know one thing,love comes on a wing.

我只知道一件事，爱和扑朔的羽翼一起到来。

For tonight I will be by your side.

今晚我会飞到你的身边。

But tomorrow I will fly.

但明天又将远行。

清亮的女声在逃逸层的最顶端、最稀薄的空气里飘扬。

岚婷不知道自己唱了多久，直到她从通讯器里再也听不到海光的呼吸声。

西奥多（六）

西奥多站在海岛的高处，看见远处的海岸线被灯光点燃。透过氤氲水汽，橘黄色的暖光映射到云层之上。自从大争论之后，这片大陆就没了人工照明，黑夜是纯粹的黑，而现在它被无数手掌大小的灯点亮成灿烂一片。

"时隔342年还要我们费这么大功夫，闪烁之神真是个麻烦的家伙啊……"西奥多自言自语道。

他清楚地知道，此时在世界上的各个角落，每个区域的御火人都点亮了辖区里的灯火。从干旱的沙漠到极北之地，也许这些御火人互不相识，但因为一些神秘的信仰，他们在同一时刻响应了闪烁之神的号召，共同点燃了地球。

他将父亲的尸体搬回船上，在一片静海中向灿烂的灯光划去。

"回去了……无论是闪烁之神也好，预言之舟也好，回归物质也好，这次我全听你的，你满意了吧？"

"唔，好好好，还有部落，我会照顾威廉，我会照顾部落里的老人和孩子。"

"你要求真多啊！明白了，我会找个全南部最漂亮的女人，给你生一群孙子……让他们继续侍奉闪烁之神……这样总行了吧？"

西奥多自言自语道，他感觉眼眶变得温热。

哭了的话，就太丢人了吧？为了阻止泪水的坠落，他猛抬起头，却意外发现那片璀璨的灯光发生变化了。

它开始了闪烁。

S912（六）

S912下方悬吊着K1289888，连接他们的是一条细绳。他们两人的重量全都依靠着S912手中的冰镐和脚上的冰爪。不知道这样的姿势维持了多久，直到他们听到来自系统的通知：

> 大擦除即将在5分钟后开始，请各位居民合理安排时间，系统即将进入休眠倒计时。

通知结束，意味着他们只有5分钟的存活时间。

S912叹了一口气，"哎！你说你是来救我，还是来给我添堵呢？"

"我从来没有遇到这种情况，我刚刚都试过了，这张地图没办法关闭，也没办法用主观意识瞬间转移，现在连其他世界里的备份都不见了。大约是大擦除的时间快到了，需要处理的数据太多，这肯定是系统异常吧。"

"你可真重！"S912抱怨道。

"你不也是！我刚刚在上面被你给硬拽下来了！"K1289888像一只蜘蛛悬挂在一根蛛丝上，腰间的绳套便是他全部的依附。

"现在好了，我俩对调了，现在是你在下面拽着我。知道在外面的物质世界里，如果登山者遇到这种情况会怎么做吗？"

"会怎么做？"

"这种情况下，我应该割断绳索，这样至少俩人里还能活一个。"

"……至少俩人里还能有一个多活5分钟。"K1289888纠正道。

不知是因为释然还是因为自嘲，这蹩脚的调侃竟然让两人一齐笑了起来。

而此时的冰雪之上，一片槭树叶子从那棵诡异的树上脱落，伴随着笑声缓缓飘下深渊。这片刺眼的火红色先划过了S912的眼前，他先是一惊，本能地伸手去抓，已经有些晚了，只能看它像更深的谷底飘去。

"抓住那片叶子！"他对下方的K1289888大喊。

K1289888调整身体的角度，用力一蹬冰壁，如钟摆一般晃出去老远，一把抓住了那片叶子。

第二片叶子又飘下来了，也被K1289888牢牢抓住。

很快叶子像雪花一样纷纷落下，S912光用单手就抓住了好几片。

"这些叶子！每一片都不一样！"K1289888在下方惊叫道。

听罢，S912用指腹将两片叶子捋开展平，在手中细细查看。

果然，与他之前看过的千千万万片叶子不同，手中的两片有着截然不同的叶梗和脉络。

在这个瞬间，他忽然明白了，在他无数次运行地图之后，在他无数次尝试用自己的数据库拖慢服务器之后，存在于两片叶子之间的真实，就是兰亭世界给他的最好的回馈。

S912，恭喜你找到'真实'成就，在漂流文明归来之后的时代，你的数据将存续。

系统给他发来了通知。

寒冷和缺氧的感觉袭来，他头疼得几乎睁不开眼睛，手因为长时间用力而变得麻木，已经渐渐握不住冰镐了。但此时，S912心里却比任何时候都充满了期待。

海光（六）

从这颗黯淡的蓝色星球的角度来看，岚婷再次回到地球，是342年之后的事了。但对于她来说，只过了短短的一天。

像上次来这儿的时候一样，脱离星梭的轨道后，引子为他们进行减速。刚刚经过柯伊伯带，岚婷就开始搜索来自地球文明的信号。

但除了背景辐射造成的宇宙噪声外，她一无所获。

岚婷感到了绝望，海光是不是地球文明灭亡之前的一撮炮灰？

岚婷甚至可以想象，在她离开后，海光凭借一己之力在数字文明和物质文明筑起了脆弱平衡，但不久就被轻易打破，拥有强壮肉体的人绞杀了所有机器，而拥有信息技术的人毁灭了整个生态圈……

那么生命里的最后一段时间里，海光是怎样的呢？

也许他成了纷争的第一个牺牲品，而更糟的情况是他活了下来，守望

158

着日渐破败的信息文明——也许会为他们做一些徒劳的修补工作，也许会和几个残存退人部落的首领交好，教会他们识别一些前大争论时代里人类的古文字。

但那又有什么用呢？

在他日渐衰老、地球文明也日渐衰落的每一天里，他如同一个守灵人，低头是蒿草渐长的绝望坟头，抬头是让李白思故乡的明月。而比明月更远的地方，是他再也回不去的母舰，是他再也见不到的人。

巨大的星舰缄默地前行，此时地球已经能用肉眼看见了，岚婷能凭着晨昏线上大气折射的冷光看到朦胧的海岸线、云翳笼罩的南美洲大陆和冰层覆盖的两极——他们从太阳系外侧进入，他们现在能看到的正是地球背对太阳的一面。

岚婷的心被狠狠刺了一下——这一面是漆黑一片。和地球全新世之前的所有时代一样，一片晦暗，没有一丝人造暖光亮起。

没有光意味着失去在黑暗中生产的能力，也意味着蒙昧。她甚至不知道在这片黑暗中，她能够找到多少属于342年前海光的印记……岚婷渐渐低垂下眼睑。

直到身后的同事突然叫出声："等等！……那是什么？！"

岚婷猛地抬起头，透过舷窗看到了不可思议的一幕。

黄色的温暖的灯光正一簇簇沿着大陆边缘绽开，一开始是沿着海岸线的零星散点，渐渐地，它们向光晕外沿蔓延开去，点和点连成了蛛网，如同巨大生命体的神经网络。

"那是……"岚婷和她的同事们惊呼道。

那是文明。

从钻木取火的时代开始，人类就崇拜黑夜中的亮光，这是他们与其他生灵的不同之处，无数年之后还是如此。这颗星球用这样独特的方式，用带有橘黄色光晕的夜空，描摹了文明最美的形状。

更加让岚婷惊讶的是，过了不久，那些亮点聚合起的无数光斑开始发出规律的闪烁。

在她眼里，整个非洲大陆的海岸线的灯光，此时正随着光影明灭而一下下地跳动。

"我……我没有看错吧？那些灯光……在闪？！"

"这是在传递什么信号吗？"

岚婷没有看她的同事，眼睛仍盯着舷窗之外。此时距离地球已经很近了，黄色的灯光逼近，成为视野里灿烂的一大片，如同金色的野火。岚婷迅速将情绪从震惊中抽出，随着光的闪烁轻轻敲击舷窗，短、长、短、短，停顿，长、长、长……

她立刻明白了。

泛着泪光的眼睛几乎可以看见，那是许多年前和海光一起上过的通信史课。一个平常至极的下午，教授正在用单调的声音讲解着人类最早的远程通信方式，而海光在窗边微微打着盹儿，她在一旁记下笔记："摩斯电码，考点。"

"海光……你这家伙心机太重！居然装睡！那节课明明你都听进去了……"

"嗯？指挥官？你在跟谁说话？"

"没有，我在解读灯光闪烁传递出来的信号。这是一种密码。"

"这是智能生命传递给我们的信号？是在发出警告吗？！需要我们向

他们传输信号，表明自己没有敌意吗？"

"不需要了，"岚婷摇摇头，"信号里是一首老歌。只是……唱歌的人，已经死去很多年了。"

From the deepest ocean to the highest peak,

我从深海和高山飞过，

Through the frontiers of your sleep.

我从你枕边的梦境里穿越而过。

Into the valley where we dare not speak,

我穿越无声的山谷，

To be by your side.

是为了回到你身边。

Darling , I will never rest till I am by your side.

亲爱的，我无眠无休地向你飞来

Every mile and every year,

除非一直在你身边，

Every mile and every year for every one a little tear.

每英里，每一年，每个人心里都流过一些眼泪。

I cannot explain this,Dear,

我解释不了，亲爱的，

I will not even try.

我也不想解释。

For I know one thing,love comes on a wing.

我只知道一件事，爱和扑朔的羽翼一起到来。

For tonight I will be by your side.

今晚我会飞到你的身边。

But tomorrow I will fly.

但明天又将远行。

Tomorrow I will fly,tomorrow I will fly.

我明天将远行，我明天将远行。

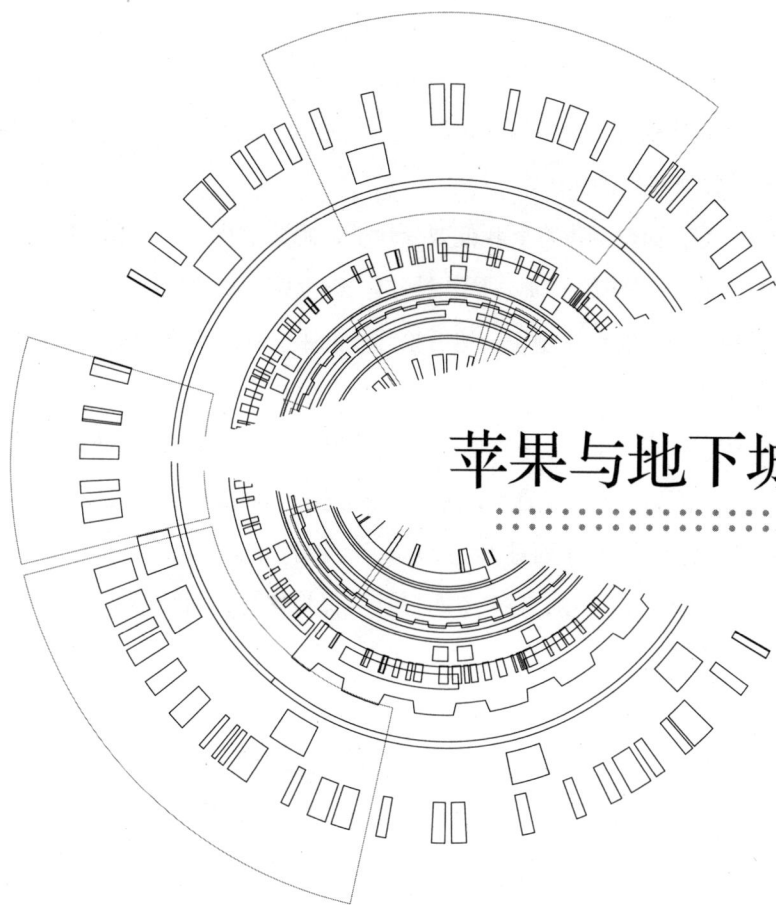

苹果与地下城

末日来临只是一瞬间。为了使得人类保存火种，只有一半的人能够躲入密闭的地下城中。

从下达中签通知，到地下城全面封闭，留给人们转移的时间只有短短24个小时。

之所以这么安排，据说是为了防止没中签的人有时间反抗，也是为了让所有的生离死别都更短暂一些，就像一个优秀的刽子手一定是手起刀落的，那样才没有多余的痛苦。

我中了签，而李兰没有。我们要分开了，她送给我一只怀表，我把自己所有的保暖衣物都留给了她，因为地球停转之后据说会很冷。

"这些不顶用的。"她说，然后松开我的手。在地下城门口到处都是这样的分离场景。

我突然想留在地面上，和她一起看看那时候到底会有多冷。但我最终没有这么做，因为当初早说好了，谁中签都一样，都得好好活下去。

最后我只带了三样东西进入地下城，李兰给我的怀表、一盏日光灯、一颗苹果籽。怀表是信物，日光灯可以让我保持作息，而苹果是因为李兰希望我平平安安。

"为什么平安就是'苹果'呢？"我冲着李兰的背影喊道。她没有回我，消失在人群中，然后地下城封锁了。我再也没有见过她。

地下城已经准备好了基本的生活必需品，但也就仅限于"必需"了。在一半人口灭亡的大前提下，任何超过"必需"范畴的享受都是奢侈的。进入地下城的第三天，我把苹果给吃了，苹果核儿就扔在墙角。30万人的地下城，每人平均能够分到5平方米的生活空间。在这5平方米里，得解决吃饭睡觉洗漱的问题，这还不算公摊的休闲面积。

可以通过屏幕了解地面世界，但我不敢看，我怕看到李兰。我宁可联网看看书，浏览一下联合政府发出的公告。按照联合政府的公告，未来地下城所有人的职业将归入四大方向——能源人、建设人、守护人、哺育人。能源人和建设人分别专职能源的转化和地下工事的维护，军人携带武器，而哺育人则负责把所有其他职业从业者的孩子教育成他们的接班人。在未来的几千年里，除了烧石头、开发动机、建地下城外，人类也没有别的事情可以做了。

苹果籽在第三周发芽了，两瓣叶子呈鹅黄色，一看就是因为没有充足的光照。我对着它打开日光灯，反正在屋子里它也活不了多久，就看看它能够长到多大吧。

说好了跟李兰再也不联系，但今天我还是忍不住给她打了个电话。她把我的电话直接按掉了，发来信息说她很好。我觉得她也许说的是真的，至少她还能见到太阳，我在未来的很长一段时间里是不可能看见自然光的。

苹果芽现在有10厘米高了，为了更好地模拟自然光照，我每天早上6点起床为它开灯，然后晚上6点又准时关掉。地下城异常坚固，墙体瓦砾之间几乎没有缝隙，苹果苗的根部没有办法深扎进去。我把它的根从墙体中一点点剥离，为了不伤及根毛，这个过程耗费了我一整天，最终把它整株提起挪移出了房间。

这时我又遇到了一个问题，地下城是没有土的。这座由混凝土铸封的密闭容器里只在空气中有一些灰，腐殖质从垃圾桶里也许可以搞到，但矿物的沙粒是没有的。最后，我打碎了一个玻璃杯，又将碎玻璃研磨成圆滑的小颗粒，混合了一些水和草木灰，制成了一个培养基。我把苹果树栽在门口，让它先有个容身之所，等到我弄到了更多的土再做进一步打算。

三个月过去了，我又给李兰打了个电话，显示号码错误，或许她进入了另一个地下城生活，但这样的概率微乎其微。与此同时，我成了一名守护人，分配的工作是看守地下城的电梯，其实就是不允许外界奄奄一息的人混进来，我每天背着沉重的武器在电梯里护送一批批的人去往地面，回到地底。他们都身负任务——有的是挖燃料送燃料，有的负责勘察核引擎运行情况。此时气温骤降到零下40摄氏度，在地表行走必须依靠封闭式的防护服了，我们每天登记好穿着防护服走出地下城的人员名字，再和回收的防护服一一对应，就能掌握每一个人的流动信息。

这份分配的工作很枯燥，每次在电梯里穿越5000米的地壳，从地下城来到地表，我也不能走出电梯，只能望着那些背影消失在风雪中。唯有一个好处——每天下班由我负责打扫电梯间的地面。时常有人从地表带来土壤颗粒，虽然量极少，但我把它们小心翼翼地扫成一堆，再悄悄地装进怀表的表盖里，带回家。这样陆陆续续地偷运了大半年之后，我拥有了小半盆土。

这时候苹果树已经长到一人高了，看来日光灯不是假冒伪劣产品，真是管用的。一棵树对于地下城来说是稀罕的物件，我不得不在周围装好监控设备，防止不测。随着土壤越来越多，这棵苹果树的根系正一点点地向深处钻探，这就是它的天性。

直到有一天，一个富商找到我，想买下这棵树。要知道，富商在这个时代已几乎绝迹。不知道通过什么手段，他掌握了一些私有汞的渠道，而汞是制造黑光灯的必备原料。黑光灯又叫作紫外线灯——紫外线照射皮肤会生成无法靠进食摄取的维生素D。现在每个人每周都会去照两个小时，乃至产生了以黑为时尚的风潮。

这个富商告诉我，如果我愿意把树卖给他，他能够运用手段让我摆脱每天在电梯里待着的命运。但我没有卖，因为如今照顾它已经成了我生活里的趣事。我的怀表因为常年运送土壤，变得又脏又旧，也彻底坏了，我把它挂在了树上。差不多是时候忘记李兰了。

5年之后的一个夏天，发生了一件让我难忘的事。打扫电梯时我在地上捡到一小团黑乎乎的蠕动的肉团，近距离一看，发现那是一只细小的蚯蚓，不知道它是怎么被带进地下城的。地球已经脱离了原先的轨道，在远日点的温度可以下降到零下60摄氏度，地壳里每下降100米，温度能上升3摄氏度，我也不知道它能靠这个获得多少温度。

我把蚯蚓放在了苹果树下。现在我再也不用担心苹果树被偷走了，它的根已经扎了一米深，与泥土、碎砾和地下城的混凝土结构一起，盘根错节，成了最粗壮的脉络。它的树冠像伞一般散开，虽然地下城没有风，但叶子可以随着孩子嬉笑的声音一起摇摆。我当年带着的日光灯已经不够用了，但因为它成了一道奇观，附近的人自发把家里的灯和土壤捐献出来，让它越长越大。在春天它甚至能够开花，虽然只能结零星的几个果实，但我吃过一次，味道酸甜，跟地下城统一配给的藻类食物完全不一样。

蚯蚓在这棵树下生存下去，应该不是难事。

50年之后，地球正在驶向木星，据说是为了借助木星的引力弹弓摆脱太阳引力场，飞向银河。这个时候我已经很老了，退休了。门口的苹果树需要10个人围在一起才能环抱得住，我觉得很奇怪，因为在陆地上似乎也不曾见过那么粗壮的苹果树。它的部分枝干已经枯朽，但新的部分一直在长出来。在靠近树根的部分，还有苔藓附着，偶尔能长出树耳，我猜它的孢子是和泥土被一起带进来的。

我猜，我死了以后一定不会有人记得住我，但这棵树会一直被人守着，记着。

　　它脚下的泥土日夜增厚，因为人们来这里都习惯性地献上一抔泥土，他们说这棵树的树心里藏着一个带有魔法的怀表，怀表的滴答跳动，让树也有了人的心，而吃了这棵奇迹之树的果实，一定能一辈子平安……

　　为什么苹果就是平安呢？我不屑道。

　　只是不知道为什么我又想起了李兰。

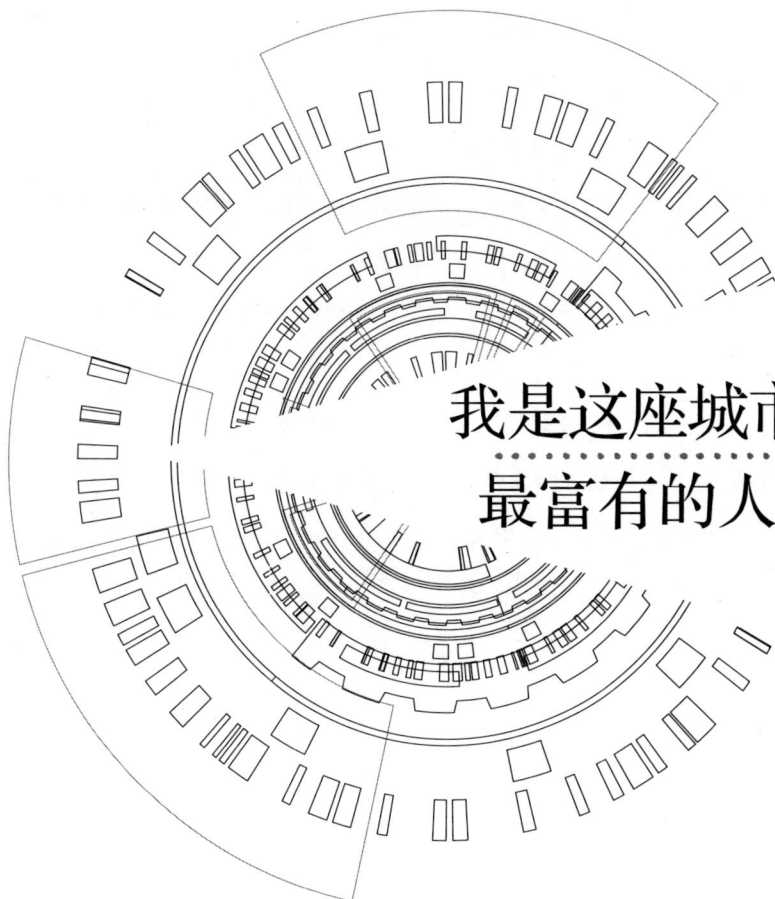

我是这座城市
最富有的人

我是这座城市最富有的人。

至于我的钱来自哪里——请放心，合理合法——大学毕业后我将所有精力投入了一个女性卫生用品的创业项目。女性卫生用品，对，就和你们想的一样，我是在网上卖卫生棉条的，有日用、夜用，导管推入，安全卫生，给女性最温柔的陪伴。

咳，抱歉，说回老本行就话多。

因为质量优异，产品慢慢占领了市场半壁江山，我顺势建了自己的平台，在卖棉条的基础上卖一些化妆品和服装。这令我发现了一个规律：许多用户在购买棉条的10天后，购买欲会达到巅峰，消费额度比平日均值高出12%。

许多女人在有了使用需求时，才会购买卫生棉条，而那10天之后——就是排卵期。也许是某种激素刺激了她们的购物欲吧？说实话，当时我也懒得细究，只知道这可是一个好商机。

根据她们购买棉条的规律，我记录了几千万个女性的周期，然后给处于排卵期的女性推送奢侈品。你想想，她们多次在平台上浏览、收藏，心里明明喜欢得要命却不舍得买的包包，此时又被精准地推送到了用户端。在激素作用下，一狠心也就下单支付了。

因为这个小小的改动，平台销售数据大幅上扬，我初次尝到了算法的甜头。

只是卖卖奢侈包和高跟鞋，显然不能施展我的商业天赋。

下一个目标是婚恋市场。

拥有女人们的购物数据，意味着我清楚地掌握着她们的收入、兴趣和社会地位。事实上，我不仅知道她们爱看的书、爱听的话剧，还知道她们穿连衣裙喜欢搭扣还是拉链，床单偏爱冷色还是暖色，家里的弟弟在上小学几年级，爱吃的口味是甜还是辣。

我识别出所有的单身女性（你还要问我怎么知道她是单身的吗？），为她们精准匹配才貌相当、兴趣一致的男性。我不收任何一方的中介费，只要求他们第一次约会必须在我的系统选定的场景里进行。

为什么要这样做？

第一次约会很重要，谁都知道，它决定了两人未来是否能继续交往。

由系统选定初次约会地点，会令双方都拥有最好的约会体验。比方说，如果女方经常买祛斑膏，那就把地点定在一家光线昏暗的西餐厅；如果男方每个月常常在平台上打欠条，那可以让他们在廉价但是有特色的馆子里见面；如果双方都经常购买宠物用品，就没有什么地方比一家猫咖更加合适的了。

如此一来，在我平台匹配成功的概率远远超过了竞争对手。虽然我不收取中介费，但一个完美的约会地点加上一个般配的对象，还有什么比这个更能刺激消费欲呢？我只需要从线下商家那里抽点油水就是了，可比卖棉条赚得多。

要是止步于此，那么我顶多只是个出现在福布斯前几百名里的富豪。我一直认为，除了买买买和逛逛逛之外，大数据与算法技术拥有更大的想象空间……于是我创立了ZealFinance.

过去，当企业或个人需要借贷时，金融机构会根据他的信用记录，决定借贷的额度、利率和周期。而信用评级都由征信公司完成——通过分析过往大额贷款记录、收入水平和资产大小，再刻板地带入公式，最后给出一个评定级别。这不仅需要耗费大量人力，也无法避免系统误差。ZealFinance借助互联网将征信过程碎片化，融入借贷者的日常工作生活。每个人的每一笔日常消费、每个公司的所有转账流水都会变成信用评估依据。

仅这样还不能称作卓越，ZealFinance开创性地将基因检测、性格测试、在校成绩、婚恋史、犯罪记录、业绩评估等等这些原本与金融无关的概念融入征信系统。因为诸多研究成果已证实，一个人在借贷上的诚信水平和他的基因、性格、智力水平甚至谈恋爱时的忠诚程度都有关系，我们调取个人的一切财务和非财务信息，自动生成信用评级。相比于传统征信，这是一个更加通用的评级，不仅反映了金融风险，也适用于其他非金融场景。

就拿我的老本行——婚恋行业来举例，女孩儿答应男孩儿的表白前，可以先调取他的恋爱信用记录，如果有出轨前科，那么她就会发好人卡。除此之外，学校录取、公司雇佣、商业合作都是合适的应用场景。ZealFinance首次打破行业壁垒，实现了社会信用体系的统一。从此之后，每个人每个公司都必须对自己做出的每个决定负责，这对文明的进步是有划时代意义的。

全数据征信的前提是庞大的数据收集工作。显然，一家企业不可能独力完成。于是我向政界提出了倡议，在高层的推动下，《国际数据合作法案》在联合国总部被通过。法案确立了基本的4个原则：

1.公平：无论职业与背景，每个人每天的行为产生的所有数据均将被采集；

2.共享：个人的数据被采集后，将共享至云端数据库，以便全球范围内的所有企业和机构使用；

3.匿名：个人数据加密后才可被用作分析处理，任何企业和个人无权利调取有针对性的个人数据。

4.自由：在不违背法律和他人利益的前提下，个人可以购买自己特定时间段内的数据，使其不被采集入库。

《国际数据合作法案》的颁布，标志着全数据时代的到来，世界变得透明了。用精准数据描述和服务每一个人，甚至预测未来、防止黑天鹅、稳定和谐的全数据时代终于来临。ZealFiance的芯片被植入了汽车、冰箱、鞋底、电饭煲、路灯，以此来收集无时无刻不在产生的数据。同时这些生活中常见的物件，也通过网络连接，为人们提供最有针对性的服务。

罗马不是一天建成的，这一切革新都是在10年内循序渐进的。最早进入全数据时代的是无人驾驶。21世纪初，这项技术的目标是将汽车培养成一个熟练的司机——可以精准感受路况变化，并作出正确反应。这意味着，每辆车都必须配备一个对路况敏感的激光雷达，和一个性能卓越的CPU，不用我说你也明白，那代表着高昂的造价，没几个人坐得起这种车。

反观今天，我们每天乘坐的无人汽车，根本没装雷达，内置芯片也只是PC级别。这便是全数据时代的功劳——虽然研制一辆无人驾驶的汽车很难，但如果全城的汽车都是无人驾驶，把车流想象成一个整体，又是另一回事了。

通过5G网络收集每辆车的位置、目的地和速度信息，再由计算中枢分配行驶路线，每辆车都变成了巨大有机体的一个细胞。这不仅解决了行驶安全问题，而且通过宏观运筹，规划城市的整体交通，调控车辆出行路线，使道路利用率最大化，城市从此告别了拥堵。

无人驾驶汽车的普遍速度是每小时240公里。今天，如果向车窗外望去，你会发现环城高速路上全是飞驰的车，但每辆车之间的距离不过10公分，就像一具精密咬合的齿轮。如此高的车速，如此近的车距，让车河变成了真正的液体。这液体是会呼吸的。如果有车辆需要变道或转弯，从远到近，四周几十辆车便会渐进腾挪出空间，为它让路，就像训练有素的罗马三线阵，不需要指挥官协调，方阵里的每一个士兵都知道下一步该做什么。

下一个发生革新的是物流行业。

一个十几亿人口的大国，所有人都挤在双十一折扣日那一天买东西，该如何把每件货最快地送到买家的手中？运力不足的问题在全数据时代也被解决了：读取过往用户数据，经过计算就能预测今年双十一每种货品的购买状况。这样一来，在大促销前就做出仓储配送方案。双十一还没到，卖家就在城市的东边、西边、北边不同的仓里按照预测数据放好了货；物流公司的配送员和车辆也按照预测的数据就位。由此，高峰期的配送时间降低了90%，全国物流网实现了大提速。

10年间，全数据慢慢渗透到了社会每一个角落：根据电梯系统收集住户上下班出门记录，优化运行，避免住户长时间等待；分析个人搜索词条和观看视频类型，测出用户兴趣爱好后，精准投放广告；智能马桶每天检测排泄物记录个人身体状况，除了兼职私人医生还可以为政府预警流行病……

我这么总结吧——记录个人的精准数据，能够改善个人生活；记录群体的庞大数据，可以优化资源配置。利用大数据技术"算"出我们想要的生活，告别不确定和混乱。

至于我自己——你要问我在全数据化的过程中扮演了怎么样的角色？

实践者和推动者。我提供数据的收集和分析服务，并从中获取利润。因为经营得当，我通过并购和投资，买下了十几家同行公司，占领了数据服务行业90%以上的份额。如果你是个反垄断分子，硬要说我是收割者……似乎也没办法辩驳。

从当初把车库当成卫生棉条仓库的穷小子，到全数据时代的缔造者，我切切实实地体会了金钱的好处，也明白了它的局限性。我不是一个耽于声色享受的人，此时财富只是一个会时刻跳动的数字而已。

不知道你有没有听过这样一个寓言故事？

古代有两个老农畅想皇帝的奢华生活，一个说："我想皇帝肯定天天吃白面馍吃到饱！"另一个说："不止不止，我想皇帝下地肯定都用金锄头！"

你问我会用手头的钱去做些什么？豪车？别墅？美女？这些都是外人臆想出的"皇帝的金锄头"，我真正感兴趣的，是改变世界的趋势。

我不惜本钱，在多所高校资助脑科学实验室，并以公司名义成立了脑机接口研究中心。下一个目标就是打破有机体与无机环境的壁垒，实现真正的"万物互联"。

几年后，ZealFinance公司研发的入脑芯片投入了生产。它只有指甲盖般大小，却装有微型信号发射器，从耳后植入大脑皮层，可以直接从生物体层面采集用户各项数据——位置、心跳、体温等等。

它产生的电信号还可以模拟听觉冲动，直接与用户对话。装置了芯片的人等于拥有了一个私人秘书——在脑内与她对话后，数据将上传云端的数据库，然后，城市中枢为你安排行程，也随时保障你的安全。

像所有伟大的发明一样，一开始，入脑芯片受到了公众的极大挑战。一些固执的反数据垄断分子跳了出来，谴责芯片将会严重侵犯他人隐私。因为《国际数据合作法案》规定了一旦私人数据被采集，将被全球范围内的所有企业和机构使用。

"什么叫作数据精准服务每一个人？都是资本家的幌子！当人没了隐私，他就会被随时替代，再也没有存在的价值！"

那时一个大V在媒体平台中这样写道。从某种角度来看，讲的不无道理，但这种言论显然不利于完成我的"万物互联"图景。于是我通过后台数据，追踪到了这个大V的绑定身份……

不用担心，没伤害他，我发自内心地不喜欢暴力，只是给他稍微制造了一些麻烦。在那以后，在各大平台只要是他发出的观点都会被限制流量，不会被推送到公众的时间线上，而这一切都是无迹可查的。

他对此也许有抱怨，但谁知道呢？我让一个人的声音从世界上消失了，不流血，不犯法，只因我掌握了算法和数据。

当然，仅仅让讨厌的人闭嘴是不够的，为了让人群接受入脑芯片的概念，我在产品层面做了一些调整——原型芯片改为主打"教育"功能。

入脑芯片连上了云端的教育资源，电子秘书变成了一个24小时在线的全能家教。如果孩子上课时开小差说话，芯片可以第一时间发出警报。每周还会生成一篇课堂师生互动报告，直接传给家长，让他们了解孩子对知识点的掌握情况。到了课下，芯片会通过模仿听觉冲动直接在脑内辅导孩子作业，哪怕在睡觉时也能进行知识输出，让孩子在梦中不知不觉地掌握考点。

没有家长想让自己的孩子输在起跑线上。"装了芯片的孩子的平均成绩，比没装芯片的孩子要高23%"，我将这一数据通过公司旗下的各大媒体平台发布出去，入脑芯片立刻变得供不应求，产品在学龄人群中一下子打开了局面。

紧接着，上班族、大学生、退休老人相继对入脑芯片敞开怀抱。

"为了生活更加便利，隐私是要有一些小小的牺牲的。"——此刻，不需要我去发公关稿子，每个人都会这样自我安慰了。

经过数年的产品迭代，人们生活、学习越来越依赖入脑芯片，它的普及度终于达到了99.6%，我理想中的"万物互联"真正实现了。这时我已82岁，距离我在车库创立第一家公司，已经过去了整整60年。

这一年的生日我过得十分特别，因为收到了一份特殊的礼物。

生日当天，我被妻子带上了一架直升机。等到飞机升入高空可以俯瞰整座城市时，妻子却神神秘秘地将我的眼睛蒙上了。我只能听见直升机螺旋桨拍打空气的声音，眼前一片漆黑。

她说："这是你公司的全体员工送你的一份礼物。"

"什么礼物？"

　　她将手掌从我眼前拿开，驾驶座上的飞行员也配合着将飞机缓缓盘旋，为我打开360度的视野。

　　奇迹的一幕发生了。原本脚下的楼宇灯火通明，但就在此刻，所有窗口的灯光同时暗下来，整座城市熄灭了。就如同有人将水一下浇在了旺盛的火苗上。

　　我的眼睛还不适应这种黑暗，连忙转过头看着我的妻子。直升机仪表盘发出的微弱荧光，映照出她的轮廓。半个多世纪了，在柔光里看，她似乎没有比我求婚时衰老太多。

　　"是停电了吗？"我问。

　　"没有停电，这就是给你的礼物。我们控制了全城的灯光。"

　　"你们控制了总开关？"

　　"不是的。"她笑了笑。

　　"该不会是……那么快就投入应用了？"我立刻会意，妻子点了点头。

　　现在，我们的芯片可以精确知悉每一个人的生活规律。当你能够读取城中所有人的所有数据时，也意味着你可以随心所欲地操控它。

　　虽然无法改变一个人天生的喜好，但可以引导他。就如同当初在平台首页上，给排卵期女人推荐奢侈品一样，只要稍稍改变城市运行的数据，就能够让一个人准确地出现在任何地方，让他在任何时候关上灯再打开灯，而他，丝毫不知道自己已被一双无形的手操控住了。

　　此刻，每一个黑暗的窗口里都有不一样的故事——朋友们躲在门后给刚到家的人一个惊喜派对；有人心血来潮要在家里投放一部电影；恋人的烛光晚餐开始，关灯营造昏暗浪漫的气氛。

这份给我的生日礼物就是一个成功的试验。每个人的黑暗时间都被ZealFinance整合引导在了同一个时段，我们获得了上千万个人的熄灯时刻，尽管只有一小段时间。

10秒之后，灯开始稀稀拉拉地亮起。

"谢谢你。"我对妻子说。

"亲爱的，我什么也没有做，只是把你带到飞机上。真正要感谢的是，你自己和你的公司，你们让这一切成为现实。"

"全数据时代，我们终于消灭了一切黑天鹅。"我感叹。

"也消灭了所有的自由意志。"正在开飞机的驾驶员接道。

我微微一惊，这不符合飞行员的职业素养，他不该在主顾聊天时插话。

"你说什么？"

"穷人的隐私被无条件上传，而富人却购买自己的隐私时间。"

"隐私买卖是自由的，这不犯法，也便于数据精准服务。"

"是的，这样一来，你们消灭了穷人的自由意志，一切行为都能被你们引导。他们存在的意义是什么呢？被替代也不要紧，因为他们就是可以被预测路径的一群蚂蚁。而富人的隐私则一直受到保护，无法被人分析，保留着自己的思想。你知道，有个新词形容这种情况吗？"

"什么？"我知道我不该问。

"信息托拉斯。"他丝毫不客气。

"我要提醒先生一句，你的雇佣费用可不低，我随时可以……"

"解雇我？降低我的征信评分？"他好像一点儿也不在乎，"现在地面上的交通工具、建筑物全都被ZealFinance监控。在天空也被你们垄断之

179

前，这是唯一让一切恢复正常的办法了。"

螺旋桨的轰鸣声消失了，四周忽然安静下来，我感到身边的一切都开始旋转。直升机失重后，我们被狠狠甩在座位上。我试图抓住扶手，但不受控制的下坠最终把我拖向深渊。

再次醒来时，全身都感觉有点奇怪。

没死，我感到无比幸运。眼前一片漆黑，我猜可能是因为眼睛上罩着纱布的缘故。我想起身试试自己的胳膊和腿是否都还完好，但无论身体怎么努力，都没办法将头调转一个角度。

然后我尝试用手将眼睛上的纱布扯去，但花了老半天劲儿，怎样都移不动手。

"您醒了？"一个女性的声音传来。

是的，我现在是哪里？我怎么动不了？

我想说话，但竟然没有发出半点声音来。

"这个……可能您接受起来还比较困难……但是，请相信我，适应一段时间就会好了！"

怎么了？难道我摔瘫痪了？

我心急如焚，却依旧无法开口。

"先别着急，不用开口说话也可以，您心里想的，我们都能听到。"

嗯？这到底怎么回事？

"您暂时一切安全。但非常遗憾，医生已经尽了全力，还是没有把您的身体抢救回来，因为实在是太高了——全身多处粉碎性骨折，器官大面积衰竭。"

什么？那我现在是……

"在肉体停止工作前，您大脑里的芯片进行了记忆备份。我们后来对它进行了读取——也就是现在正在听我们说话的您！"

是的，我头脑里的芯片是ZealFinance公司最新的研究成果，才刚刚通过安全试验，尚未进行大规模应用。它增加了一个意识备份功能，在使用者遇到意外时会自动启用。

现代医学认为意识形成是大脑在量子层面的活动，所以，从一开始我们的研究就没有采取常规的大脑结构扫描。ZealFinance的意识备份技术是以问答形式完成的，芯片中的程序设置了20个问题，但这20个问题可以以8个为一组自由组合，成为200亿个以上的问题。

每个问题的电信号通过接口输入大脑后，大脑凭直觉反应"是"与"不是"。问题涉及家庭、工作、性格等等，林林总总。当这200亿个问题都得到了回答之后，芯片就提取了属于个体独一无二的思想特征，可以做到信息遗失率小于0.1%，与本体的个性、记忆高度吻合。整个过程用时仅20分钟，在医疗抢救失败后，脑死亡之前，芯片启动备份功能，即可自动完成。

意识只是一串数字而已，这是我一直以来坚信的。但万万没想到，意识备份第一次人体应用，居然发生在了自己身上。

你现在是通过什么方式跟我对话的？

那个声音沉默了一会儿："您的记忆已经以数据库的形式储存在服务器里——而您的思维形成了一套独特的算法，这套算法会推演出您的想法，直接显示在屏幕上。"

那我是怎么听见你说话的？

"有收音设备的。"那个女声说道。

我们现在在哪里？

"城市的数据中枢。"

等等，数据中枢？处理这座城市每一个人出行、阅读、工作数据的数据中枢？记录每个人位置对话甚至是心跳呼吸的数据中枢？为什么会在这里，明明到医院更加合理吧？

"抱歉，由于这是我们第一次复活拷贝的意识，配套的硬件设备本来要在几年后投入使用的。公司现有的服务器无法处理那么大的计算量，我们不得不借用城市的数据中枢。这样才能在最短时间内将您'复活'。"

还有，我的太太现在在哪里？

"很不幸，事故中她从近800米的高空坠落，和那位歹徒一样，都受了致命伤，但她颅腔内的芯片没有迭代到最新版本……所以……"

她死了？

那个声音没有再回答。这给人一种答案显而易见的感觉。我忽然感到一阵难过，那个曾经在创业中给予我最多鼓励的温柔身影不见了，仅仅只是因为一个版本的更新迭代问题。

她的身后事，处理得怎么样了？

"医院宣布脑死亡之后，我们为夫人的心脏装上了体外膜肺氧合机，以维持她的体外呼吸和循环。现在她还在市中心医院的病房里。这也实属下策，我们不敢轻举妄动，想等您的拷贝意识激活后由您来决策。"

你们做得很好，我可以去看看她吗？

"这……恐怕不行。您才刚刚苏醒，还不太适应这种状态。公司也需要一些时间来为您找一个合适的躯体。"

为我找一个合适的躯体？

"我们会联系最优秀的人工智能专家，为您打造一套最好的载体。虽然新的身体可能会由全金属组成，但一定保证您最舒适的运用体验。在那之前，可能要委屈您在数据中枢里生活一段时间了。"

明白了。谢谢你们做的这些工作。

那个声音又告诉了我一些注意事项，然后便消失了。再接下来是漫长的寂静。这种独特的生存模式带来的新鲜感之一，是我从时间纬度上变得自由了。1秒钟的时间我可以进行20亿次运算，也可以进入什么都不干的待机状态。前一种情况为我带来近乎永恒的体验，后一种则可以让漫长的时间转瞬即逝。

在反复体验永恒和瞬间的切换后，我终于明白了一个道理：时间因为流逝而存在，也因为坐标而存在，它本身极可能是一种具有蒙蔽性的概念。

在外界看来，我领悟到这一点用了0.7秒。我又用了0.7秒做了些思考，然后叫住了还没走远的那个声音。

喂，你，别走。

"还有什么吩咐吗？"

我都知道了。没有用的。别骗我了。

那个声音倒吸了一口气，但又马上恢复了平静，"还是不行啊……"

本来你们是做得很好，为了让我在数据中枢中"生存"，你们暂时封锁住了这里和外界关联的网络节点。唯一的疏漏是把我放在了城市的数据中枢里，这等于带一个剑客去铁匠铺，他可以获得一切他想要的武器，只是时间长短而已。

"你连上网了？"

是的，弄清楚你们的骗局后，我用了0.2秒的时间熟悉自己的新处境，然后用了0.5秒试出了密码，现在没有什么能阻挡我接入互联网了。

"我们原本也不想带你来数据中枢的，没办法，复活你的运算量实在是太大了。"

在我离开这里之前，能不能告诉我，为什么要这么做？为什么要冒那么大风险复活我？还骗我从坠机到现在只过了几个月，而非现实中的85年？

"你自己去搞清楚不就好了？"

这一次，声音真的消失在黑暗中了。

我离开了数据中枢，沿着光纤汇入了一切网络。现在我是整座城市了，我是每一盏路灯、每一块荧幕、每一辆车、每一枚人脑中的芯片。

只要我想，便能够读取任何人的数据，他的心跳、他的血压、他的过去、他的所思所想。我也可以控制每一辆车的走向、每一次灯光的闪烁、每一个屏幕的开启。此时我的体验和神已经无比接近。

没费什么劲儿，我就通过查阅数据，弄清了85年前究竟发生了什么。

坠机事故发生之后，抢救失败，我被认定死亡。没有立法保护数字化人格的权益，这个时候，没人会希望再多一个'意识拷贝'来分一杯羹。关于股权和投票权的分配让董事会忙得不可开交，我一手打造的商业帝国土崩瓦解了，具有意识备份功能的芯片也停止了研发。于是，我成了唯一一个备份人。

但全数据时代不会因为一个人的意外死亡就结束。

相反，我的继任者们把它发挥到了另一个极致，还弄出了一套针对人一生的算法模型。他们读取每一个人的喜好，给他们带来恰好的娱乐，按照每个人的能力分配工作，依据每个人的素质提供教育。一个人从学生时代开始就被预定了命运、未来的工作和社会等级，没有一丝浪费。

事实上，经过了80多年的发展，人生的算法模型已经可以预测一个孩童未来90%以上的命运了。

预测意味着替代。

当算法得知了全部的数据，可以预测出一个人的所有决策时，那么取代他就是时间问题了。他的所有事务性工作都能够被劳动型机器人替代，他的创造性工作又可以被电脑预测。这个时候，那些商人们就想起了我。

因为，我就是算法本身。

与其重新开发一个拥有创造力的人工智能，为什么不用现成的——一个智商和情商都高于常人的，曾经以"人"的身份存活过的算法呢？

他们原本想将我的核心算法取出，以此作为城市人工智能的底层代码。这一部分算法包括了我对常规数据的处理能力和对应急情况的判断。同时当我对情感的反应被剥除，我会成为一个只有理性思考的完美人工智能。

但完成情感剥除需要一些时间，必须在我苏醒之后才能进行操作。

为了万无一失，他们将服务器断网，企图先将我糊弄住。可惜，在一个过于强大的服务器里，多疑的我在一瞬间就试出了密钥连上了外界网络，也识破了他们的骗局。

我在数据库里浏览着这些策划者的名字，一个个名字、他们详细的家庭住址、他们的芯片编码以及网络接口。只要我愿意，可以向他们的入脑芯片发送一个复杂的信号，这个信号会使芯片过热，从而在颅内烧毁。（这个安全漏洞是我用海量算力找出的。）终结他们的生命只要几十秒。

但我完全不想这么做。

当实力完全不对等的时候，你不会想报复，也不想多为蝼蚁费神。

我在黑夜中的城市里游荡，虽然才过了几个小时，但对我来说比一生都要漫长。每个摄像头都是我的眼睛，每个收音器都是我的耳朵，数据像海啸一样涌来，一开始还不太适应，但现在好了，多线程处理这些数据让我有了全知全能的视角。

城市最高的建筑上有一架电子望远镜，也许是用来供游人眺望的，但现在它就是我的眼睛。

我能看到整座城市，我能看到我自己。我也看到了流浪的乞丐在路灯下瑟瑟发抖、高中生刚刚完成晚自习背着书包回家，还有一个男人的车明明开到了家，他却不上去，在车里点起一支烟，一副很疲惫的样子。

那么多年过去了，全数据的终点还是人。

一个青年正和他的恋人手拉着手回家——原来到了这个年代，人类表达亲密的方式并没有发生变化。突然，他松开了恋人的手，加快了脚步，横在恋人面前，他单膝跪下——

是要做什么？

他们正处于一片树荫下，我无法通过高处的摄像头看见他们的动作。只好调用一辆从他们身边缓缓经过的汽车的摄像头。

他像掏出珍宝一样，从怀里掏出了一小块亮闪闪的石头，石头嵌在细细的金属环上，精致美好。

我记得我年轻的时候，就有人说过，钻石是20世纪最大的骗局，但这

186

个骗局在百年后的今天似乎还在延续。或许，因为最美好的爱情和婚姻都是骗局吧？钻石恒久远，一骗骗一生，这样想来竟然也有些浪漫。

不同的车辆从他们身边驶过，我一次次切换着不同的视角看这对恋人，疾速向前的视角、缓缓开过的视角和急刹车的视角。

女孩子很惊讶，她脸上的红晕在夜色下并不那么明显，但还是红了。可以理解的，女孩子在第一次面对婚嫁问题的时候都会觉得不太好意思。她应该还是很兴奋的，不然怎么会用手将上衣的下摆都给揪皱了呢？

"对不起……我觉得我要再想想。我们……还年轻。"女孩子支支吾吾地说。

青年似乎有点沮丧，尴尬的跪姿渐渐引起了周遭人的注意。现在他应该起来吗？

哎呀！别起来呀！我在心里悄悄地为他捏一把汗，有时候女人就是这样，扭扭捏捏、磨磨蹭蹭地来试探你，并不是因为她不喜欢你，而仅仅只是因为她太喜欢你，想再听你说一遍。

我想起了很多年前，我和妻子都还在念大学，那个时候我向她求婚。当然，我买不起大钻石的戒指，用了一只金色的顶针，很旧的款式，也不是什么好料子。

"你怎么想起用这个？"

"顶针啊，我顶真地想娶你！"我自以为十分浪漫，所以加强了语气。

等到很多年后，我才意识到自己当时的行为有多么地煞风景。用顶针求婚，显得又穷又不解风情，还搞了个谐音梗，简直是自作聪明！好在结果都是一样的，我娶到了想娶的人，也过完了我想过的一生。

那现在这个小伙子怎么办？

我在他们的上方的摄像头里、下方的下水系统里、脑子里的芯片内，无处不在，但就是无法帮助他完成他人生中历史性的一刻。

必须由他自己说出来。

再说一次啊……我在心里对他说。

男生红透了脸，用他仅存的执着跪在地上，似乎这样就可以让女孩子回心转意一般，他的小腿跪麻了，挪了挪地方。女孩不安地向四周张望，场面无可救药地朝尴尬的深渊滑去。

再说一次啊……说你想娶她做妻子！

我心急如焚。这是怎么了？

作为城市的一部分，我想起了自己已不再是那个普通人。我可以用超乎常人的力量终结这个场面。

我迅速调取了男生和女生的姓名和所有资料，找出了最佳解决方案。

男生放弃了坚持，他准备多天的求婚计划彻底宣告失败了。他不知道未来和恋人的关系会发生什么变化，只是在这一刻，他想从这种近乎酷刑的场面中解脱出来。

等以后再求婚吧。他想。

他站了起来。

就在这一刻，他们身旁的灯光亮了起来。那是一栋50层的建筑，不算特别高，但很宽，就像一堵扑面而来的高墙。

现在这堵墙上的灯亮了。并不是全部亮起，而是将他们名字的首字母和在一起，并在中间摆出了一个爱心。

LL ♥ DDY

年轻人，这就是我几十年漫长而幸福的婚姻带来的经验，女人喜欢惊喜，但最重要的是，她们喜欢执着的男人。

"你……"女孩子下意识捂住了嘴巴，"你为我做了这些？"

"这……"年轻人呆住了。

"你不该这样的！太花钱了！"她埋怨道，同时激动地搂住恋人的脖子。

我知道，事情已经成了。

"我不知道这是谁做的。"年轻人轻轻推开她。

这是我完全没有预料到的！这小伙子傻啊！

"对不起，我不想骗你，但这真的不是我准备的。"

"但上面确实是你首字母的缩写啊！不是你会是谁呢？"

"我不知道……可能是别人，有人特别想让你开心吧？"

我真的非常怀念我的实体，如果我此刻还拥有双手，一定会忍不住去掐死这个又轴又笨的木头脑袋！

"你知道吗？"女孩甜美的声音想起，"我就是喜欢你这个样子！你特别实诚！从不骗人。"

"唉？你不会觉得我不够浪漫吗？毕竟，有人为你点亮了一栋楼……"

"那又怎么样？他不会陪我过一辈子！"女孩子欢乐地笑起来，并且把唇印在恋人的双颊。

"什么？也就是说……"

"傻瓜啊！我愿意嫁给你！刚刚不过是逗你玩嘛！就喜欢看你呆呆的样子，也不是第一次逗你了！怎么不长记性。"

"谁会想到你在这种事情上也那么淘气啊……以后的日子还长，你可不要再这样欺负我啊……"

然后他们手牵着手一路欢笑着回了家。

我心里升起一种怪异的感觉。

好在我已经不是人类了，运用全城闲置的算力，找到结论的速度是非常快的。

我想，在芯片和算法之外，现在还是有那么一些东西是值得期待的。

当然，就像很多年前一样，作为一个成功的企业家，我知道这需要我去推动它一点点实现。

"Zeal21型机器人，上周刚刚投入使用。相比于前20代机器人，增加了针对婴儿的哺乳功能，也能联动入脑芯片，强化心智照拂功能，为孩子成长提供更好的陪伴。"

"功能我都知道，这是爆款嘛……我就想问问，那个……那个传言到底是不是真的？"

"哪个传言？"

"嘿！曾经的首富，就是提出全数据时代的那个！走火入魔了，把自己的数据传送到云端，然后不知道怎么的，又自我销毁，只保留下来一部分算法。据说现在每个Zeal型号里都有他一部分的思想！这到底是不是真的？"

"抱歉，我也只是个Zeal型号的机器人，没办法回答你的问题。"

"什么？你居然是……"

"不过作为一个销售，我可以告诉你，我们的每一个产品生产时都是注入了'爱'的，在全数据时代，这就是最宝贵的东西。"

科幻文学群星榜